CORÍN TELLADO

No podía serle infiel

romántica

Título: No podía serle infiel
© 1982, Corín Tellado
© De esta edición: julio 2004, Suma de Letras, S.L.
Juan Bravo, 38. 28006 Madrid (España) www.puntodelectura.com

ISBN: 84-663-0980-2
Depósito legal: M-27.436-2004
Impreso en España – Printed in Spain

Diseño de cubierta: Sdl_b
Fotografía de cubierta: © Angelo Cavalli / Contacto
Diseño de colección: Suma de Letras

Impreso por Mateu Cromo, S.A.

10200 / 19

CORÍN TELLADO

No podía serle infiel

Es menester reír aun antes de alcanzar la felicidad, no sea que muramos sin haber reído nunca.

J. DE LA BRUYÈRE

1

—Vale, vale, vale, Karen —se impacientó Bea agitando la mano en el aire en dos de cuyos dedos sujetaba un cigarrillo—. Todo cuanto dices es sensato, razonador para ti, claro, para mí nada es positivo ni aceptable. Pero tampoco voy a discutírtelo —se lanzó de nuevo sobre el canapé y llevó el cigarrillo a los labios, a la par que entornaba los párpados—. Cada uno es como es —añadía con acento monótono—. Reacciona según su forma de ser, habla según aprendió de los demás, si es que no tiene iniciativa propia como te ocurre a ti y hace y dice aquello que le indica su marido. ¿Puedo yo de ese modo mencionar de nuevo tu equivocación? Por supuesto que no. Y lo raro es que vengas a mí y me saques a relucir tu cansancio espiritual. Te lo advertí antes de casarte, ¿no? ¿No te he dicho que el mayor error de tu vida estribaba precisamente en dejar tu profesión para tomar la profesión de casada? Una se vulgariza, Karen. Una se convierte en robot. Hacer las camas, la comida, limpiar el culo de sus hijos... Sí, sí, ya sé que tú no los tienes. Pero suponte que los tuvieras. Te convertirías en una madre fofa, en una esposa monótona, en un ser utilizado. Mira, Karen, no es que yo sea feminista al extremo, pero lo soy lo suficiente como para demostrarme a mí misma que no quiero ataduras, que detesto el machismo, que la mujer ha de ser liberada o hacen muy bien las viejas escuelas pretéritas convirtiendo a las mujeres en amas de casa.

—Bea, ¿quieres dejar a los demás decir algo?

Bea bostezó.

Conocía perfectamente lo poco o mucho que tuviera Karen que decir. Y lo extraño, le parecía a ella, era que Leonardo Benjumea hubiera tenido agallas para enamorar a su hermana.

Porque Karen, antes de conocer a Leonardo era una chica intrépida, la mejor reportero gráfico que tenía su equipo.

Se sentó en el diván echando los pies al suelo.

Calzaba botas de tafilete cortas, por cuyas cañas metía las perneras de los pantalones de pana. Tenía todo el equipo preparado y se marchaba aquel mismo día a El Salvador con el fin de hacer un largo reportaje de todo lo que ocurría allí.

Ciertamente sabía cuándo salía, pero nunca estaba segura de regresar entera. Primero había sido Nicaragua, después intentó acercarse a Irán sin ningún resultado. Pero su mejor labor la había desarrollado en Beirut.

A la sazón quizás la parte más conflictiva del mundo estaba en El Salvador, pero ella pensaba hacer allí sus mejores películas.

De no haberse casado Karen, sin lugar a dudas hubiera llegado a ser su mejor ayudante. No comprendía, ni comprendería jamás cómo Karen pudo tirar al traste con todo cuando conoció a Leonardo Benjumea, un tipo dedicado a la educación física de colegios privados.

—Vengo a pedirte un consejo —apuntó Karen con desaliento— y tú me sales con el sermón de siempre. Y encima te marchas sabe Dios hasta cuándo.

—Toma asiento —invitó Bea resignada, como si supiera de antemano lo que su hermana iba a decirle y el consejo, asimismo, que iba a pedirle—. Mi equipo me espera en Barajas, pero aún dispongo de hora y media. Así que habla si te acomoda.

Y negligente, con expresión aburrida se puso a fumar de nuevo.

Karen estaba pensando de súbito que le hubiera gustado dar marcha atrás, ser soltera, no haber conocido a Leo, y prepararse para emprender el viaje con Bea con el fin de trabajar a sus órdenes, luchar por la noticia más fresca y arriesgar incluso su vida como cuando estuvieron las dos con el equipo en Nicaragua y para rodar unas escenas se veían obligadas a saltar sobre cadáveres e incluso sentir silbar las balas de los sandinistas cerca de las sienes.

—Toma asiento, te digo, Karen —pidió Bea resignada—. Pareces un pasmarote.

Karen se sentó en el borde de una butaca.

Miraba en torno con cierta ansiedad.

En aquella buhardilla había vivido con Bea. Era un conglomerado de objetos diversos, muchos llenos de recuerdos, otros nuevos adquiridos por Bea en aquellos dos últimos años. El pequeño dúplex decorado con audacia y descaro, pero íntimo y precioso para ambas que lo habían compartido mucho tiempo. Y si ella estudió imagen fue precisamente por imitar a su hermana Bea. Vistos de lejos aquellos recuerdos, se añoraban y cada día se echaban más de menos.

Sacudió la cabeza de negros cabellos y los negros y vivos ojos algo ensombrecidos por un amago de tristeza se fijaron en la cara de rasgos desiguales de su hermana. Bea no era una belleza ni mucho menos.

Pero era una mujer de sus buenos veintiocho años, con mucha andadura, mucha personalidad y más firmeza.

Conocía además su carácter entero, su inteligencia, su audacia y su inquebrantable decisión y valor.

De momento era una de las reporteros gráficos más importantes del país, directora de especiales, y sus reportajes se vendían incluso aún antes de haber sido montados y no sólo para España, sino para casi todos los países del mundo.

—No te he preguntado cómo anda lo tuyo con José.

Bea casi dio un salto.

—¿No venías a hablarme de ti? Deja a José en paz. José y yo no nos complicamos la vida, Karen. Para nosotros eso que tú llamas amor es un interés parcial que acomodamos a nuestras necesidades fisiológicas. Ni nada nos prometemos ni nada nos exigimos. Somos felices a veces y otras somos pasivos. Ni a José González, mi estupendo peruano le interesa el matrimonio ni a mí llegar a certificar nuestra unión. Sabes eso de siempre. Las emociones las dejamos para intereses mayores. Las nuestras propias no existen.

Karen suspiró.

—Dejar el fragor de lo imprevisto por un hogar —dijo Karen con un hilo de voz— me ha costado. Pensé que me compensaría. Hice caso a Leo, me obligó a pensar que el hogar colmaría mis necesidades más infinitas y me convertí en una vulgar esposa.

Bea se alzó de hombros.

—No me creas tan seca y dura, Karen. A veces eso da resultado. Nunca estuve de acuerdo con el desfasado machismo de tu marido, pero hay infinidad de mujeres que fueron intrépidas, que vivieron perdidas en lo imprevisto e imprevisible y después son inmensamente felices en el hogar con el esposo y los hijos. Lamento que a ti, por lo que veo y vengo observando cada vez que paso por Madrid y me visitas, no te colme totalmente el cambio que has experimentado porque tú misma te lo has buscado.

—Me enamoré, Bea, me enamoré.

—Y en dos años —rió Bea encendiendo un nuevo cigarrillo y mirando a su hermana entre las rendijas de sus ojos— el amor se ha muerto, ha fenecido como tantos y tantos pobres infelices en El Salvador o Nicaragua.

—Si aún tuviera un hijo, Bea. Si aún...

—Un hijo me parece una carga demasiado grave y responsable, Karen. Pero si lo quieres... ¿por qué no te haces una exploración? —se levantó con rapidez—. Mira, por ahí tengo la dirección de unos médicos ginecólogos a los cuales acudo una vez cada seis meses para hacerme una citología. Evito problemas de embarazos y me gusta controlarme —al fin encontró lo que buscaba en una caja—. Aquí tienes la clínica de los doctores S.B.L.

—¿Qué clínica es ésa?

—Ya sabes que ahora los profesionales trabajan en equipo. Es la forma de trabajar mejor, con más acierto y menos responsabilidades porque una responsabilidad partida en tres, siempre es mejor. Toma. Si quieres vas. Que te digan al fin si eres estéril o no.

2

Karen ocultó la tarjeta en el bolsillo de su blasier azul oscuro.

Pero no se levantó. En cambio Bea se hallaba de pie y manipulaba en la mochila.

—Me estás pidiendo que me marche, ¿verdad? Consideras que ya me has ayudado bastante.

—No lo sé, Karen —apuntó Bea alzándose de hombros de paso que miraba su ancho reloj de pulsera—. Dispongo de tiempo, pero si se intensifica el tráfico, el taxi que me llevará a Barajas puede quedar atascado en una caravana y me molestaría mucho que mi equipo quedara en tierra. Has podido venir cualquier otro día.

—Pero es que supe hoy que marchabas cuando te vi aparecer en televisión anunciando tu largo viaje.

Bea se desplomó de nuevo en el sofá.

—Si tienes algo más que decirme no te lo calles —dijo cansada—. Mis consejos te los di cuando conociste a Leo y decidiste casarte en tres cortos meses. Yo no estoy por el matrimonio. Yo creo en las personas que se quieren y prueban a convivir, pero tú no has adoptado esa postura.

—Yo adopté, la postura que prefería Leo. No había tiempo de nada, Bea, lo sabes perfectamente. Tú hacías lo que gustabas hacer, pero siempre me decía a mí que me mirara mucho antes de decidir mi vida.

Bea hizo un gesto vago y fumó con fruición, algo apresurada.

—Tenía deberes que cumplir contigo, Karen. Era tu hermana mayor y pese a los tres años escasos que te llevaba, y te llevo, estaba obligada a predicar una doctrina que yo no seguía, es cierto. Pero si yo seguía otra, como es sabido, consideraba que estaba preparada para ello y que las emociones nunca iban a traicionarme. En cambio a ti te consideraba demasiado emotiva y temperamental. Yo soy cerebral, tú emocional. De ahí que te previne contra embestidas que pudieran traumatizarte. No hubo ni más ni menos. Pero entre eso y que de la noche a la mañana, en una de nuestras treguas de descanso conocieras a Leo y me salieras diciendo que te casabas con él sin apenas conocerle, me pareció sencillamente demencial.

—Leo no quiso esperar y tampoco, jamás, en nuestro corto noviazgo intentó acostarse conmigo.

—Eso ya me lo has dicho. Lo peor que puede ocurrirle a una mujer es casarse por las buenas sin conocer en profundidad a su marido.

—Pero tú me has mantenido siempre al margen de experiencias sexuales —protestó Karen indignada.

Bea no se inmutó.

—Tampoco jamás te habías enamorado. Una cosa es endurecerte haciendo el amor con un ente por el hecho de ser hombre, y otra que te empuje a ello un cariño sentimental o emocional. Tú no te habías enamorado, ni siquiera encariñado con un hombre. Podías reprocharme a mí lo de José, pero yo te decía y te lo sigo diciendo ahora, que José y yo somos responsables de nosotros mismos, curtidos y maduros y da la casualidad que pensamos igual en cuanto a todo lo relacionado con la pareja. Yo era distinta a ti, Karen. Lo sigo siendo y lo seré siempre. Tú aprendiste a batallar conmigo. Terminaste la carrera y te llevé en mi equipo de filmación, y si bien te habituaste a combatir con la inclemencia de las desgracias ajenas, las batallas bélicas y cuanto con ellas se relacionaba, jamás te vi interesada por un muchacho. No me hablaste nunca de que amabas a éste o a aquél. Luchaste como los demás y marginaste el amor.

—Y me casé virgen, Bea —se lamentó Karen con desaliento—. Pienso que eso favoreció mi matrimonio con Leo, pero me quitó la oportunidad de conocerme a mí misma y al hombre en sí.

—Si es eso lo que me reprochas —dijo Bea bostezando—, lo siento. Yo creo haber cumplido con mi deber. De haberte enamorado, tú que eres más sensible que yo para ciertas emociones sentimentales, te hubiera dicho prueba primero. Pero cuando me enteré te ibas a casar y entonces no me molesté en preguntarte si conocías íntimamente a tu futuro marido.

—Leo es contrario a las relaciones prematrimoniales.

—El macho pretérito —rió Bea desdeñosa—. Así que estará feliz de haberte encontrado emérita como las damiselas ochocentistas, y aun con ser tan ochocentistas no creo que todas fueran vírgenes porque en aquella época, en la posterior y en ésta y en las que vengan hay hijos naturales. Menos mal que ahora se le exige al papá eventual responsabilidad paternal y legal.

—Te burlas de mí.

—Di lo que quieras decir, Karen. Ya me has dicho alguna cosa. Que te consideras estéril. Que te has casado virgen, que Leo sigue siendo machista y que te has convertido en una estupenda ama de casa.

—No soy feliz, Bea.

Vaya, Bea ya lo sabía.

Tenía vivencias suficientes para ver en el rostro de su hermana la doblegada sombra de la inconformidad.

—Antes de marcharme —dijo poniéndose en pie y yendo hacia un mueble bar— tomaré un martini. ¿Quieres otro, Karen?

—Te parece jocoso todo esto, ¿verdad?

—¿Tomas o no tomas el martini? Tu conversación es interesante, Karen, pero yo tengo que irme. El avión no espera y los atascos a estas horas hasta Barajas pueden entorpecerme. No me gusta hacer sufrir a mi equipo. Sé bien lo que es esperar a un miembro de la expedición y que no llegue.

—Dame el martini —dijo Karen levantándose a su vez y acercándose con lentitud a su hermana—. Me gustaría hablarte de mí y mis relaciones con Leo, Bea. Tú eres una mujer de mundo, conoces a los hombres y conoces perfectamente la vida sexual. Yo no soy experta —suspiró—, pero sí lo suficiente para entender que mi vida sexual es incompleta. A los veintiún años terminé la carrera; antes había vivido con tía Leonor, ¿recuerdas? Tú no soportabas a tía

Leonor. Ella, como solterona beata y aferrada a costumbres añejas me cerró a la vida liberada. No te soportaba porque te negabas a vivir con nosotros.

—Y un día a tía Leonor se le ocurrió morir, lo cual te hizo un gran bien a ti. Dejaste el viejo piso de la Castellana y te viniste a vivir conmigo. Te integré en mi equipo y en poco tiempo te convertí en profesional. La verdad es que se me olvidó indicarte que te realizaras como mujer. Al contrario —bostezó Bea— te previne contra ella y sin darme cuenta, en ese tonto afán de protección, te plegué las alas que podías haber desplegado hábilmente. Sin darme cuenta, repito, me convertí en una segunda tía Leonor. Lo siento, Karen. Cuando te casaste pensé que habías hallado tu camino, que el matrimonio te liberaría de traumas y que la habilidad de tu marido te ayudaría a realizarte.

—No ha sido así.

—Lo lamento.

Llevó el martini a los labios y por encima del borde del vaso contempló a Karen.

A los veintiún años la integró en su equipo de filmaciones arriesgadas. Dos años estuvo a su lado recorriendo el mundo y dos años, entre cortejar y vivir en comunidad con su marido, habían transcurrido ya. Ella no acudía a Madrid más que de tarde en tarde. La vez anterior que estuvo en Madrid fue cuando Karen llevaba un año escaso de casada y nada le dijo en cuanto a su descontento.

Sin embargo, desde un mes que andaba por Madrid, Karen le había repetido, cada día que iba a verla, su descontento, pero nunca tan clarificado como en aquel instante.

Sentía irse, es la verdad.

Siempre quiso mucho a Karen pese a que ella vivía sola y a su aire y costeándose todos sus gastos, y Karen vivía con el vejestorio ochocentista de tía Leonor, solterona y avinagrada, aferrada a hábitos que nunca doblegó ni para dar un consejo humano.

Hizo mal permitiendo que Karen viviese con tía Leonor, pero es que ella tampoco era quien era en la actualidad. No había cobrado nombre, le costó un triunfo abrirse camino como directora de reportajes arriesgados. Expuso la vida más de una vez y de doce.

No podía, además, arrastrar a Karen en aquel fragor imprevisible. Cuando lo hizo, hubo de reflexionarlo mucho, si bien nunca le pesó. Sin embargo, debió ser más abierta. Lo fue, pero por lo visto, no lo bastante para hacer de su hermana una chica liberada como ella.

Cuando se casó dio un margen de confianza a su cuñado, aunque nada más conocerlo se hizo cargo de su represión y su machismo, dos cosas con las cuales ella no comulgaba.

Pero pensó que quizás eso era la careta de Leo y que con su mujer sería distinto.

Viendo a Karen allí, recostada en el mueble biblioteca, la observó con expresión analítica.

Karen era muy femenina y bonita. Quizás eso fue el motivo por el cual ella prefirió conservarla pura. Al fin y al cabo era muy joven cuando se integró en su equipo y le dio lástima abrirle los ojos de súbito a las amarguras, desazones y mentiras de la vida.

Karen era una muchacha delgada y esbelta. Tenía un busto bien formado, de menudos senos, signo inequívoco de inteligencia natural. Muy negro el pelo, negros también los ojos reluciendo en su cara donde todo era armónico, desde la boca sensual, los dientes nítidos e iguales, la nariz aquilina, de perfecta línea y de aletas palpitantes denotando una sensibilidad rayando en la hipersensibilidad.

3

—Me queda aún una hora —dijo dejando de mirar a Karen a través de las rendijas de sus párpados entornados—. Siéntate, Karen, y explícame mejor lo que sin duda has querido decirme en este mes que llevamos viéndonos una vez por semana.

Vestía una falda recta abierta por detrás. Un blasier del mismo tono azul oscuro y para realzar la morenura de su rostro una simple blusa roja abierta hasta el principio del seno cuya garganta rodeaba una cadena pequeñita colgando.

Sobre los altos tacones aún parecía más esbelta y Bea se preguntó por qué el berzotas de Leo no la hacía feliz, si Karen era la clásica joven que gritaba deseo y amor por todos sus poros.

—No me digas —apuntó sin que Karen aún dijera nada embebida como estaba en contemplar la copa que sujetaba entre los dedos— que tu marido es de los de antes y prefiere tener una esposa modosita a una amante fogosa. Te diré —añadió sin que Karen respondiera—, los hombres de antes usan sus monótonas rutinas para acostarse con sus esposas y, sin embargo, buscan lejos del hogar las elucubraciones pasionales con sus amantes.

—No digas tonterías.

—No lo son. Antiguamente la mujer era un objeto tal, que el hecho de sentir un orgasmo empujaba a su esposo a considerarla una mujer ligera y de otro ambiente, digamos por decir, planetario.

—Bea, sigues tomando a broma mis problemas.

—No creas que son problemas insalvables, Karen. Hoy día eso se arregla con facilidad visitando a un abogado y presentando demanda de divorcio.

—Sería catastrófico que le hiciera eso a Leo cuando es un acérrimo enemigo de tal ley.

—Pero, por lo visto, es muy adicto a que tú te pases la vida fregando platos, haciendo el lecho que malamente ocupáis los dos y teniendo la comida a punto. Todo eso se puede hacer, Karen. No estoy en contra de ello, pero sí que lo estoy en cuanto a que sea el hombre el señor de la casa y su esposa la criada sin sueldo. Las labores del hogar han de compartirse como se comparte todo lo demás. Y una mujer que además, como tú, estás preparada para el trabajo y lo has demostrado, no puede cerrarse en casa rompiendo las normas de su propia libertad.

—La condición que puso Leo es que yo no trabajaría.

—Eso es. Él se mata dando clases de educación física en colegios de élite, gana bastante y cuando llega a casa está tan rendido que allí se convierte en el sultán, con la diferencia de que en su harén no tiene más que una esposa a quien prefiere reprimida y pura.

Karen bebió de un trago lo que quedaba del martini.

—Bea, lo estás pintando como un pequeño monstruito —se quejó Karen.

—Yo lo pinto a juzgar por lo que te estás callando. Si eres más clarificadora quizás me convierta en piadosa juzgadora.

—En la intimidad no he conocido a más hombres —adujo Karen con súbita soltura—. Mi única experiencia la tengo de cuando contaba quince años y vivíamos aún en el pueblo de León, ¿recuerdas? No había muerto nuestro padre y nos pasábamos la vida en su notaría o en el colegio de monjas. Tú empezabas ya a rebelarte. A desear por todos los medios dar el salto.

—Y lo conseguí —reía Bea animándose recordando—. Convencí a papá para que me enviara a estudiar a Madrid y tú te quedaste allí.

—Fue ese corto tiempo que pasé sola con papá cuando sentí los primeros aleteos amorosos. ¿Serían amorosos, Bea?

La intrépida hermana mostró una súbita curiosidad.

—Nunca me hablaste de eso.

—Ya te digo que después me vine y se me olvidó. Sólo al casarme con Leo pensé que aquel recuerdo me fue inefable, quizás porque fue el primer chico que me besó. No sé si tú recuerdas a los Urrutia de nuestro pueblo.

—¿Los de la tienda de ultramarinos?

—Sí.

—¿Y bien?

—Pues Benjamín, el hijo mayor que estudiaba fuera, aquel año de verano, el último que yo pasé en el pueblo, nos gustamos y hacíamos manitas. Esas cosas, ya sabes, que haces como robándote a ti misma curiosidad. Me besaba alguna vez. Pienso que de haber seguido allí, de no haber muerto papá, yo terminaría siendo la novia formal de Ben.

—No recuerdo a Ben —dijo Bea pensativa—. Pero, en fin, eso no importa. El caso es que al casarte te dio por recordarlo.

—Es que yo no siento ese bullicio en la sangre cuando me toca Leo. Y, en cambio, sí que cada día recuerdo más la agitación palpitante que me sacudía cuando veía a Ben y cuando me asía los dedos o me besaba, en la boca. No me besó muchas veces, ¿sabes? Pero las suficientes para recordarlo con ansiedad y aún hoy todo se me agita cuando lo evoco.

—¿Sabes por qué todo eso? Porque no has amado nunca a Leo.

—Oh, no, le he querido. Lo que pasa es que Leo ha hecho y sigue haciendo de nuestro matrimonio una monotonía inaguantable.

Bea se levantó otra vez. Miró la hora.

Asió la mochila y la cargó al hombro.

—Vente conmigo hasta el aeropuerto, Karen. De camino podemos hablar. Ahora ya no puedo esperar más.

Karen lanzó una mirada a su reloj de pulsera.

—Leo regresa a casa a las ocho en punto.

—Faltan dos horas —adujo Bea—. Te da tiempo de ir a Barajas, estar aún allí conmigo unos momentos y regresar. Es interesante lo que dices, pero aún no me has aclarado por qué Leo no te hace feliz.

Karen asió el bolso que tenía en un sillón y lo colgó al hombro.

—Voy contigo, Bea —dijo resuelta—. Al fin y al cabo si regresa Leo antes que yo, le diré que te acompañe a Barajas.

—Lo cual enfurecerá a tu esposo porque yo no soy santo de su devoción.

—Te admira mucho como profesional.

—Pero como mujer —decía Bea riéndose y cerrando la puerta, entregándole la llave a Karen— me considera una descarada cínica libertina.

Karen ocultó la llave en el bolso.

—Si un día tienes un amante —reía Bea divertida— no dudes en usar mi nido.

—¡Estás loca!

—Puede. Pero si tu marido no te hace feliz, si además detesta el divorcio y si no está dispuesto a que tú seas tú, no una sombra de lo que él quiere que seas, terminas por echarte un amante que te resarza de esas pequeñeces viscerales de tu marido.

—Yo respeto a Leo.

—También yo respeto al portero del inmueble y no se me ocurrirá acostarme con él.

—¡Bea!

—Ojalá te hubiera hablado así antes de casarte, Karen —dijo súbitamente triste—. Ojalá te hubiera inducido a conocer al hombre. Yo usé un método para mí y otro, opuesto, para ti. Mucho liberalismo para la profesión, la camaradería, pero nunca te dije que los instintos cobran un papel importante en el ser humano y que los sentimientos, si no van aparejados, poco falta.

Paraba un taxi.

Aún era día claro y lucía el sol.

El verano había transcurrido, si bien aún quedaban vestigios de aquél y el calor apuraba a ciertas horas.

—Nos tocará sufrir un invierno por Hispanoamérica —decía subiendo al taxi y tirando la mochila a su lado—. Pero si no hacemos nada interesante ni encontramos motivos para realizar con brillantez los reportajes, tornaremos el avión para el Ulster. Todo es cuestión de paciencia y dinero —sonrió—. Ahora continúa con tu historia, Karen.

—Leo es un hombre sensato, trabajador, empeñado en prosperar, en hacer de su hogar un paraíso. Debiera ser feliz con él, ¿verdad, Bea?

—Mujer, si sólo se limita a eso... pues no sé. Según quien se conforme. Yo prefiero tener amigo gruñón, amante en mis soledades y pendenciero en sus arrebatos amorosos.

—Y amigo. Tú siempre dices que el hombre y la mujer han de vivir una vida de libertad y compañerismo.

—Justo. O se lo dicen todo o algo no marcha.

—Leo y yo apenas si nos decimos nada. Es decir, sí, yo le cuento lo que él me pregunta referente a las cosas de la casa, a lo que hice en su ausencia. Él me refiere los problemas de su trabajo... sus luchas por conseguir la perfección.

—¿Perfección de qué?

—Pues de sus empleos. No me quita de comprar trapos, de adquirir objetos para la casa... Me pregunta cada mes si tengo la regla, si hay retrasos y si estoy embarazada, pero de eso no pasa nunca.

—Y en... el lecho...

—Es pasivo. Claro que yo no he conocido otro, pero aun así tengo la sensación de que es soso y monótono. Si te digo una cosa no me la vas a creer.

—Pues dila y veremos —reía Bea como si todo aquello le causara mucho júbilo.

—Nunca me ha visto desnuda, ni yo a él.

—Los castos puritanos.

—Bea, no te rías.

—No lo entiendo, ¿sabes? Lo que me dices me indica que Leo se casó con una criada a la que no paga y con la cual desahoga aprisa de vez en cuando.

—Sí, muy aprisa. No es seductor ni es preambulista. Hace el acto sexual y se duerme.

—Y tú...

—Yo pocas veces.

—Vaya con el santurrón. Oye, ¿es de los que va a misa a diario?

—En los colegios privados... irá seguramente.

—Karen, me parece que te has casado con un cura de los de antes, porque ni siquiera los de ahora son así.

4

El taxi entraba en las proximidades del aeropuerto.

—Bea, el otro día le he dicho a Leo que no encontraba aliciente en el matrimonio.

Bea la miró asombrada.

—¿Te has atrevido con un moro así?

—Jugaba y sigo jugando mi felicidad. Leo me respondió asombrado que no me entendía y que para él el matrimonio era una institución seria y que cuanto de placer tuviera lo implicaba la misma serenidad pero nunca la aberración.

—Es decir, que vivir el matrimonio apasionadamente, Leo lo considera aberración.

—Eso fue lo que me dijo.

—Y tú…

—Yo me siento fracasada, frustrada. Leo no lo entiende. En la vida cotidiana es monótono, en la cama es inhábil o soso. No vamos a fiestas, no acudimos a discotecas. Vamos al cine y si tenemos alguna reunión es con amigos suyos que piensan como él.

—Pero que seguramente por detrás de sus cándidas esposas, hacen sus pinitos sexuales pasionales.

—No lo creo.

—¿No será tu marido de los de antes, que para vivir las emociones buscaban a las prostitutas?

—¡Bea!

—Mira, el mundo está lleno de engaños y falsedades. Por eso yo admiro tanto a la juventud actual que vive sin prejuicios y que sólo valoran los sentimientos y los actos sexuales son experiencias, como aquel que es médico y no se atreve a cortar un apéndice con soltura hasta que ha cortado media docena. Yo pienso que el amor es así, o si no quieres llamarle amor, llámale vivencias sentimentales, pero estimo que sólo viviendo algunas estás capacitada para valorar una en especial que ha de ser la que en definitiva te interese a ti y a cualquier mujer de tu talla moral e intelectual. Mira, ya hemos llegado y veo a José haciendo aspavientos. Seguramente que pensó que me había olvidado de la hora y del vuelo.

—Bea, nos despedimos aquí. Ni siquiera bajo. Regreso en el mismo taxi. No te he dicho todo lo que deseaba, pero sí lo suficiente para que me entendieras.

—Te has callado muchas cosas, pero en tus silencios las he atisbado. Me refiero a lo que te has callado. ¿Tienes la tarjeta que te di? En ese equipo hay un sexólogo. Que te hagan una exploración los ginecólogos, pero no te olvides de confiarte al sexólogo. Quizás él te dé una respuesta acertada y te sirva para arreglar tu problema.

—¿Tú crees? Es duro hablar así tan claro con un hombre.

—Esos tipos son profesionales, Karen —decidió bajando del taxi y mientras se apoderaba de la mochila—. Es como cuando yo hago un reportaje de cadáveres putrefactos. Ya no me conmueven ni me dan náuseas a fuerza de hacer lo mismo cada dos semanas.

—Hola, Karen —saludaba José acercándose y haciéndose cargo de la mochila de su compañera—. Pensé que te habías olvidado del vuelo.

—No me olvidé del vuelo ni de recabar financiación para nuestra empresa —reía Bea mientras besaba a su hermana—. No te olvides. Vete mañana mismo.

—Iré, Bea.

—Y alegra esa cara, mujer. Ahora hay remedios para todo.

Cuando el taxi le dejó ante el edificio ubicado a mitad de la calle Príncipe de Vergara, antes de entrar en el portal, extrajo la tarjeta.

La leyó.

Quedaba en Puerta de Hierro.

No sabía aún si iría. Pero dado que llevaba dos años casada y no tenía hijos, pensaba si merecía la pena averiguar por qué razón no se quedaba embarazada.

Nada hacía por evitarlo.

Por otra parte, dado como era Leo, apostaba que si tuviera un hijo cada once meses, tantos hijos aceptaría Leo, si bien cuando considerara que tenía demasiados, dejaría de hacer el amor en evitación de más problemas.

Con aquel hombre estaba casada ella.

Quizás para otra mujer…

Pero ella era apasionada, vehemente y le hubiera gustado hacer locuras con su marido. ¿Por qué no? ¿No entraba toda novedad sexual o pasional en el matrimonio?

La suya era una pareja sosa, sin alicientes inesperados.

Cuando conoció a Leo le llamó la atención su pulcritud y corrección. Sus modales cuidados y casi exquisitos, su forma de tratarla…

Ella estaba habituada a considerar a los hombres (sus compañeros de profesión en aquel entonces) como camaradas. Nunca tuvo deseos junto a ellos, si bien siempre hablaron con libertad del sexo y sus derivados, pero sin adjudicarse nada en cuanto a ellos con ella.

Eran sus amigos.

Leo, por lo tanto fue el primer hombre que le habló de amor.

De estudiante era muy aplicada y sacó la carrera en el tiempo ajustado a los cursos impartidos y recibidos. Además vivía con tía Leonor, y tía Leonor se pasaba todo el día trinando contra las libertades y los hombres.

Nunca llegó tarde a casa y cuando se escapaba para visitar a Bea en su preciosa y original buhardilla dúplex, más estrafalaria que lujosa, prefería no tocar aquel punto, porque Bea se enfadaba y renegaba contra el vejestorio represivo de su tía, cuyo amor, dicho en verdad, tampoco tenía Bea.

No se soportaban mutuamente.

Y si bien tía Leonor era su tía, vivía con ella y le debía respeto. Bea era su hermana y ella admiraba a Bea por su soltura, por su profesionalidad y por su carisma independiente. De modo que ella vivió, como si dijéramos, entre dos potencias que se encontraban entre sí y no se toleraban.

Iba a tomar el ascensor cuando vio a Leo apareciendo por el portal y mirándola asombrado.

—¿De dónde vienes a estas horas? —preguntó entrando con ella en el ascensor.

—De despedir a Bea.

—Vaya, ya se fue la loca del barrio. ¿A quién llevaba con ella esta vez?

—Era jefa de su equipo de filmación —apuntó Karen con gravedad— y lleva consigo al equipo de siempre. Y por otra parte, el mundo que aprecia y admira su trabajo no la considera loca.

—Perdona. Yo no comulgo con esa clase de trabajo para una mujer. Si te digo la verdad, y disculpa mi modo de ver las cosas, cuando la veo en la tele me parece un marimacho.

—Bea es muy inteligente, muy culta y vive peripecias que no tienes ni la menor idea. Para filmar una hora de trabajo que tú ves limpiamente por la televisión, están igual seis meses. Yo he vivido esos momentos y puedo asegurarte que para una toma se emplean hasta seis horas o seis días, según lo arriesgado de dicha toma.

—Pasa —ofreció Leo saliendo al rellano y sacando el llavín para abrir la puerta—. Dejemos el asunto de tu hermana y lo arriesgado de su trabajo. Yo no pienso discutir sobre el particular. Realmente vengo cansado y lo que menos deseo es discutir.

Ya entraban ambos.

Karen se despojó del blasier y fue a colgarlo a su habitación. Leo entraba por el salón y dejaba el portafolios sobre un secreter, encendiendo después dos luces que medio iluminaban la estancia.

5

Pensó decirle a Leo que visitara a unos ginecólogos pero ya sabía la respuesta de antemano: No hay que forzar la naturaleza. Si no tenemos hijos es porque Dios no quiere.

Era mucho conformismo.

Pero ella no participaba de aquello.

Cierto también que un embarazo en tal inseguridad quizás le asustara.

Quizás no lo deseara.

Pero la incertidumbre de su inestabilidad no la aceptaba tampoco.

Por un segundo se vio en el vuelo con sus ex compañeros.

Había sido feliz con ellos y nunca entendería por qué dejó todo para casarse con Leo.

¿Las enseñanzas de tía Leonor que dejaban en su subconsciente las reminiscencias?

Puede que sí.

O quizás un momentáneo cansancio, tal vez el miedo a lo imprevisible.

O pudo ser el amor.

De haber sido Leo de otro modo, no como era, sino como se lo imaginaba antes de casarse, nunca le habría pesado cambiar de profesión. De periodista reportero a esposa.

Podía haber sido las dos cosas a la vez, ¿no?

Otras compañeras lo eran.

Trabajaban los dos, los dos se realizaban y tenían además más cosas de que hablar.

—Karen, ¿falta mucho para cenar?

Eso sí.

No se veía de cocinera a secas, de limpiadora, de ama de casa como cualquier mujer vulgar que se consagra la vida entera a limpiar el polvo y contentar a su marido como si en vez de ser un ser humano fuera un robot.

—En seguida —se encontró diciendo.

No podía quejarse de la casa.

No era un dechado de lujo, pero sí cómoda y confortable.

Tampoco podía decir que Leo no se multiplicara para trabajar, pero ella entendía que hubiera sido más cómodo para los dos trabajar ambos y trabajar menos, pero vivir más.

Por dos veces la llamaron para reportajes importantes y las dos veces se impuso Leo con sus criterios pretéritos.

Cuando nos casamos aceptaste ser esposa a secas y yo prefiero que sigas así.

Pudo discutírselo.

Y lo intentó. Pero Leo cortaba por lo sano. Leo no daba opción a que una expansionara su propia personalidad.

Aún si en compensación a esos vacíos la hiciera inmensamente feliz como hombre...

Pero si la posesión y el amor era como lo hacía vivir Leo, resultaba lo más soso, cansado y monótono del mundo.

Sin quitarse la falda estrecha, avanzó por el pasillo y se adentró en la cocina encendiendo la luz y buscando con reprimida irritación el delantal de flores que ató en torno a la cintura.

No podía decir que las faenas caseras le disgustaran.

De ésas no escapó jamás.

Aprendió con tía Leonor primero y luego lo practicó con Bea.

Porque si Leo pensaba que Bea era una inútil en su dúplex buhardilla, se equivocaba.

Ella y José se repartían el trabajo y más de una vez se topó a José pasando la aspiradora o haciendo la comida mientras Bea colocaba las camas.

Ella también, en los campamentos, cuando se adentraban en las proximidades de las guerrillas, más de mil veces hacía la comida al aire libre y era la encargada de repartirla.

Repetía en su pensamiento que si después de disponer la cena, tuviera la inmensa satisfacción de vivir el amor en su potencia más absoluta, de nada se hubiera quejado, aunque... siempre quedaría en ella el vacío de su profesionalidad cortada.

Cuando ponía la mesa, Leo le preguntaba desde el salón:

—¿Adónde más has ido esta tarde?

—De compras.

—¿Qué has comprado?

—Puedes venir a comer, Leo. Lo tengo todo dispuesto.

Leo apareció en el umbral del pequeño comedor y retirando el periódico lo depositó en una silla vacía.

Tenía razón Bea. El sultán sosegado y monótono. El hombre que vivía con cien años de retraso.

—Mi madre solía hacer este guiso —decía desplegando la servilleta— que se chupaban los dedos. Tú aún no has aprendido del todo.

Karen se sentó enfrente de él.

No tenía coche.

Leo poseía uno bastante viejo y decía que estaba para tirar aún dos años más. Ella podía comprárselo.

Cuando su tía falleció le dejó una pequeña fortuna. Desheredó a Bea, claro y ella quiso entregarle a su hermana la mitad, pero Bea se rió de su generosidad y le advirtió que no se le ocurriera hacer uso de aquel dinero ni para ella ni para Leo.

Cierto también que Leo sabía que existía, pero jamás le pidió que hiciera uso de él, aunque sí, cuando pensó en comprarse un coche, su marido opinó que no era preciso.

No lo discutió.

Leo nunca discutía.

Y eso era otra cosa que sacaba de quicio los nervios de Karen. Aquella forma de Leo de decir las cosas con mansedumbre, de tal modo que no daba opción a la polémica, y si ella la intentaba, Leo se las componía para cortarla, lo que le hacía pensar a Karen que cuando uno no quiere, dos no riñen.

Pero Leo imponía sus razones.

Aquella mañana salió de casa a las once.

Había llamado a las clínicas de los ginecólogos y tenía hora para las once y media en el clínico ubicado en Puerta de Hierro.

No le había dicho nada a Leo, ¿para qué? La hubiera disuadido y poco a poco ella ya iba aprendiendo a tratar a su marido.

No por vivir más en paz.

Sino para hacer lo que consideraba que debía hacer y sin la opinión siempre contraria de su marido.

Mientras tomaba un taxi pensaba en la simple noche anterior con Leo que no se diferenciaba de tantas otras noches.

También evocó su noche de bodas.

Fue la más absurda de su vida.

Leo parecía un tipo sin nervios y cuando ella intentó aparecer desnuda bajo la bata, Leo le dijo con la mayor sencillez:

—El pudor es importante, Karen. Ponte un camisón debajo.

Fue, como si dijéramos, el primer trauma.

La primera decepción.

Y la primera humillación.

Después se acostó con Leo y todo discurrió de la forma más monótona del mundo.

Ni una sacudida erótica. Ni una palabra ardiente.

Todo dentro de unas directrices elementales.

Claro que ella en aquel entonces no sabía diferenciar porque carecía de experiencias anteriores, pero sí que recordó las vibraciones sensibles que la agitaron cuando Ben le asía la mano o le deslizaba los dedos por la espalda y los senos aún incipientes.

Fue una aventura divina.

Nunca podría olvidar ella aquellas vibraciones íntimas que le ponían el pelo de punta y precipitaban los latidos de su corazón y su pulso.

También le ocurrió con Leo siendo novios y, en cambio, en la cama y ante la pasividad de su marido, aquella vibración se convirtió en una sacudida de dolor íntimo infinito.

Debió ser más sincera con Bea desde un principio.

Pero es que Bea no se hallaba en Madrid y cuando regresó, ella se había habituado a la elemental manera de amar de su marido.

En cambio se ponía afanoso y afanado cuando hablaba de su trabajo. De los niños bien que tenía en su colegio, del aprecio de los padres ante el deporte que hacían sus hijos y del cual era él el maestro más afanado.

Le enorgullecía tener amigos de élite que luego, si le veían por la calle, lo ignoraban. Todo lo que a Karen le parecía mezquino e impersonal y sobre todo de una vulgaridad abochornante.

Así empezó ella a sentir un secreto desprecio hacia su marido. Observando su servilismo cuando se topaba con sus alumnos ya mayorcitos, que, por cierto, miraban a su profesor de física (deportiva, se entiende) con un marcado sarcasmo, mientras que Leo se enorgullecía de lo que él consideraba atención admirativa.

Aquellas pequeñas cosas que podían marcar su vida, la marcaban en sentido negativo. Pensaba también que lo primero que ha de sentir una mujer es admiración hacía el marido y ella sentía todo lo contrario.

Leo hablaba y no callaba de sus ponderados acaudalados alumnos, del carisma que ofrecía en los colegios privados y su arrogancia ante personas siempre ponderadas, siendo él, según aseguraba, uno de los profesores más considerados.

Pero eso era lo de menos. Lo de más era, a no dudar, su personalidad a medias, que ella, en su día, cuando empezó a conocerlo, consideró exquisita y delicada.

Tampoco era el hombre de las sorpresas y los arrebatos. Era, por el contrario, el hombre invariable que hacía el amor con el mismo mecanismo que si enseñara a sus alumnos a saltar el potro.

Subió a un taxi y dio la dirección del clínico.

Cuando la enfermera con la cual se citó por teléfono le preguntó qué pensaba hacerse, dijo una citología, y si bien era así, se trataba de algo más profundo.

Una consulta más bien moral. Pero eso tenía tiempo de advertirlo cuando terminara la exploración física.

6

La enfermera la pasó a una sala donde había varías parejas.

No miró aquí y allí.

Tampoco sentía rubor, pudor o vergüenza.

Creía tener todo el derecho del mundo a consultar, y el hecho de ser estéril no le apetecía en absoluto. Tampoco podía considerarse traumatizada si los médicos aseguraban que nunca sería madre. Pero una cosa era saberlo de verdad y otra vivir en la duda.

Vista a sí misma en aquellos momentos en que estaba sufriendo una crisis síquica, como si se dijera, prefería no estar o quedar embarazada. Mas, como mujer, deseaba saber si un día, de sus pasivas relaciones con Leo (de alguna forma habría que llamarles) pudiera quedar embarazada.

No lo deseaba, eso también es cierto.

En la duda que vivía y en su misma incertidumbre, la responsabilidad de un hijo era demasiada responsabilidad. Tampoco podía decir que Leo se muriera o se traumatizara por ser padre.

Todo ello le conducía a una deliberación muy personal sin frustración alguna, sin embargo, prefería saber si era estéril o no. Y eso nadie podía evitar que lo supiera, porque, por estar, estaba ya en la clínica.

La enfermera que la recibió la hizo pasar antes a un despacho y allí tomó su filiación.

Después la condujo a una sala de espera y le advirtió que por atrasos involuntarios no sería recibida hasta las doce de la mañana.

Incluso le preguntó si tenía algo que hacer, pues entre las visitas pendientes y la de recibirla a ella, había una tregua de hora y media.

—Esperaré —aceptó—. Leeré entretanto.

Pero no leyó.

Se entretuvo en mirar aquí y allí.

Le gustaba imaginarse lo que pensaban y cómo eran las personas que acudían a un clínico con cualquier inquietud, como podía ser la suya en aquella mañana de finales de verano, a punto de entrar en el otoño.

Vestía un traje de chaqueta de hilo color cereza, lo que realzaba su juventud y su belleza morena.

Bajo el blasier tipo clásico, lucía una blusa blanca camisera. Bolso y zapatos negros.

Recordó nostálgica sus vaqueros en su deambular por las retaguardias de las guerrillas. Su máquina en ristre y las camisolas flojas para evitarse los sudores producidos por el calor. Y en los inviernos (pasó uno en aquellos mundos perdidos en campos inhóspitos) con las botas chirucas, los gruesos calcetines y los suéters de gruesa lana bajo pellizas de tela impermeable.

Fueron épocas felices.

Al menos en aquellos tiempos no tenía más inquietud que la de su profesión. Los teleobjetivos y los sistemas primitivos del revelado.

¿Cómo pudo ella dejar todo aquello por el amor de un hombre?

Eso pensaba Bea, pero ella pensaba, por el contrario, que lo hizo consciente y tal vez, tal vez, un poco cansada de una vida expuesta siempre a los peligros.

Sin embargo, en aquel momento de sosiego y a la vez de desconcierto personal y amoroso, se preguntaba si había merecido la pena.

Pues no.

Aún si fuera como aquella joven cuya mano sostenía amoroso su esposo (¿Lo sería?) entre las suyas… quizás mereciera la pena.

Pero Leo no era ni amoroso ni contemplativo.

Leo era el típico hombre que se casa para tener un hogar compartido, exento de emociones o sobresaltos. El tipo elemental que vive la vida como una rutina secundaria, que acude a casa en las tardes, después de una larga jornada de trabajo y se pone a leer el periódico que no ha tenido tiempo de leer en todo el día. Que toma su sopa caliente, su carne frita y su taza de café.

El hombre que se acuesta después de ver el último telediario y se comporta en la cama como el veterano que lleva casado diez años y está ya habituado a la rutina.

Pensaba también que quizás para otra mujer, Leo fuera el hombre ideal. El hombre sin guerras ni polémicas, pero, también, sin apasionamientos ni arrebatos pasionales, el tipo macho que hace el amor como si se comiera un bocadillo, que, una vez comido, sacia el apetito y uno no tiene más apetito hasta el día siguiente.

Quizás todo fuera así.

Quizás ella por ser tan temperamental, buscara de la vida mayores emociones.

Se dio cuenta de repente que pensando y mirando distraída a los que le rodeaban, había pasado todo el mundo y quedaba sola en el recibidor.

Miró la hora.

Justamente las doce y media.

No tendría que dar explicaciones de su ausencia.

Leo se marchaba a las ocho y nunca, salvo los sábados, regresaba hasta las ocho. Es decir, que se pasaba el día fuera. Mejor para los dos.

Cuando uno no tiene nada que decirse con su pareja, pensaba Karen, ¿qué quedaba de intimidad entre dos?

Nada.

A ese punto había llegado ella.

—Pase, por favor —decía la enfermera abriendo la puerta.

Karen se levantó y estiró la falda en ese movimiento mecánico femenino que casi nunca puede evitarse.

Caminó detrás de la enfermera que la pasaba a un despacho blanco y armónico.

Aquel despacho comunicaba con la consulta, de modo que veía a tres hombres y dos enfermeras caminando monótonamente como si estuvieran cansados de una agitada jornada.

—Siéntese —le dijo un médico joven, perdido en una bata blanca—. Tengo su ficha aquí. Veamos, Karen Miranda. ¿Nombre de soltera? ¿O es soltera? Aquí no indica que sea casada.

—Soy casada.

—Tome asiento, por favor. Citan aquí en su ficha abierta hoy, que es nueva cliente para nosotros y que desea hacerse una citología.

Asintió tomando asiento.

—¿Cuántos años lleva casada?

—Dos.

Un hombre relativamente joven, de pelo castaño y ojos canela apareció. Miró a ambos.

De súbito quedó inmóvil.

También Karen alzó la cara.

¿No le era familiar aquel rostro?

Sobre todo los ojos canela.

El mirar fijo, escudriñante.

Y avanzó.

Dentro de su bata blanca, delgado, bastante alto, joven, ¿cuántos años? No más de treinta, si llegaba a ellos.

—Oye, o mucho me equivoco o... eres Karen Miranda.

Ella se levantó.

Una sacudida la invadió entera.

—¿Ben? —preguntó.

Él empezó a reír.

El médico que le atendía les miró primero a uno y luego a otro.

—¿Os conocéis?

—Si es Karen Miranda, sí... Aunque después de tantos años... —titubeaba—. Oye, Karen... ¿Cuántos años han pasado?

Karen, erguida, pensaba si sería el destino.

O si aquel destino le había salido al encuentro y ella lo atrapaba entre sus dedos.

—Muchos —se encontró diciendo—. Tenía quince...

El médico que estaba en medio de los dos, decía sorprendido:

—¿Es que os recordáis después de diez años?

—Cambian las facciones, el tiempo corre —decía Ben asiendo los dedos que Karen automáticamente le tendía— pero queda algo, algo que está ahí, que estaba entonces... —ya apretaba los dedos femeninos—. Karen, ¿qué te pasa?

—Pues... —titubeaba confusa, hasta alarmada—. ¿Eres ginecólogo?

—Sí, pero también sexólogo... Me ocupo de todo aquí. Tengo sociedad con dos compañeros.

—¿Te dejo el caso, Ben? —preguntó el compañero levantándose.

Karen dudó.

Ben, no.

Dijo riendo.

—Sí, sí, Carlos. Déjamelo. Es una antigua amiga.

7

Ben soltó los dedos de Karen y se fue tras su colega, a cerrar la puerta de cristales.

Desde allí miró a Karen cegador.

A través de aquellos cristales se veía, o veía Karen, se diría mejor, a dos enfermeras y dos médicos. Recibían clientes. Parecían hablar entre ellos, si bien marginando el despacho tras ellos dos.

—Karen, toma asiento. Qué sorpresa, qué desconcierto, ¿no?

Se sentaba y Karen, ante la mesa, caía como desplomada.

—¿Qué te pasa? —preguntaba él—. Pero dime, dime —sin dejarle responder—, ¿qué fue de tu vida desde que nos perdimos de vista?

¿Estaría casado? Se preguntaba Karen apoltronada, como clavada, mejor, en el butacón, entretanto Ben jugaba distraído con una cajetilla.

—Tenías quince años —añadía Ben añorante— y yo veinte. ¿Lo recuerdas?

Claro.

Y sentía en sí la misma emoción.

El temblor convulso de sus pulsos y las sienes palpitando. Era como despertar muchas emociones juntas, que golpeaban todo el ser más recóndito.

—Me casé.

—¿Sí?

—¿Tú, no?

Ben reía.

La risa de antes, la de siempre.

Cálida, sarcástica a veces, diáfana casi todas, mostrando dos hileras de dientes blancos e iguales, protegidos por unos labios gruesos, húmedos y sensuales.

Su piel más bien pálida y aquel melado de sus ojos, el pelo casi rubio a fuerza de ser castaño claro.

—Sigo soltero. No sé si por convicción o comodidad, quizás por egoísmo. A mis treinta años tengo ligues —con naturalidad aplastante—, amigas más o menos íntimas, pero esposa... Oye, que eso de tener esposa e hijos es muy responsable. ¿Tienes hijos tú?

—No.

—Vaya... ¿Es por eso por lo que estás aquí?

—Algo así.

Ben dejó de mirarla para lanzar una ojeada sobre la ficha.

—¿Citología? ¿Por qué, Karen? Es una medida preventiva conveniente, pero a tu edad…

—¿Es que recuerdas los años que tengo?

Ben volvió a distendir los labios sensuales en una tibia sonrisa.

—Son cosas que no se olvidan, Karen. Hay épocas en la vida que tienen encanto idílico.

—¿Lo fue ésa?

—¿Para ti no?

—Pues…

—Lo fue. Ya pasada, claro. Ida y ni siquiera casi nada añorada, pero las épocas o ciclos, como se les quiera calificar, marcan situaciones de una vida.

—Sí, puede.

—¿Lo dudas?

No sabía.

O quizás por saber demasiado, prefería no saber nada.

Sentía en el pulso una rara palpitación.

Era como si Ben tuviera veinte años y ella quince y se ocultaran detrás del jardín de su casa y Ben le acariciara los senos como un ladrón furtivo.

¡Qué tiempos aquellos!

¡Cuántas cosas sucedidas una sobre otra en diez años! Mejores, peores, negativas, positivas…

—¿Lo dudas, Karen? —preguntó él de nuevo, echando el busto sobre la mesa.

Karen parpadeó.

Sentía en sí una atracción extraña.

Como si no transcurriera el tiempo y fuera aún aquella joven de quince años inexperta, que alucinaba hacia el futuro...

—Yo te recordé mil veces, Karen... —y de súbito—. ¿Eres feliz?

¿Por qué le salió a Karen la respuesta tan clara y precisa?

Después enrojeció, se quedó titubeante, parpadeante.

—No.

—¿No? —y Ben la miraba desconcertado.

Karen no intentó recoger lo dicho.

¿Por qué negarse algo tan evidente?

Había ido allí a confesarse.

A saber, a preguntar.

Y se encontraba con su amigo.

¡Su primer amor!

¿Había sido amor?

¿No sería más bien un despertar a la vida, de adolescente a adulta?

—¿Qué pasa, Karen?

No lo sabía con certeza, si bien tenía una cosa clara. Ella misma ante Ben.

No podía ocultar nada, ni soterrar los motivos que la habían llevado allí. Ni mucho menos engañar al amigo de sus primeras veladas experiencias.

Se diría, y así lo entendía ella, que la vivía de nuevo, que la estremecían y le hacían vibrar. ¿No sería mejor escapar, para escapar a la vez físicamente de una tentación incumplida o vivida a medias?

—Soy reportero gráfico —dijo como muy apurada—. Trabajé durante dos años por esos mundos con mi hermana Bea.

—De los reportajes de Bea tengo noción, son interesantes. Peligrosos y polémicos, pero siempre buenos. Tu hermana tiene inquietudes.

—Muchas.

—¿Y tú?

—Las tenía.

—Las tenías. ¿Hablas en pasado?

—Me enamoré, me casé y dejé todo aquello.

—¿Por algo menos positivo?

Suspiró.

Asió el tablero de la mesa con dedos temblorosos.

Ni hablando con Bea de sus intimidades, sentía que echaba fuera de sí el saco de sus pesadillas, como hablando con Ben.

¿Es que Ben resucitaba en sus recuerdos con el ímpetu y el énfasis de antes?

Tuvo miedo.

No de Leo ni de cuanto pudiera acontecerle.

De sí misma.

De Ben que parecía recordarla con absoluta nitidez.

—No positivo como yo deseaba y creía, Ben.

—Si quieres hacer la citología, lo hará Carlos. Pero si quieres una consulta de sexólogo, yo te atenderé.

Pretendía las dos cosas.

Lo desconcertante para ella era que Ben compartiera aquel grupo de ginecólogos.

Se encontró preguntando de súbito:

—¿Por qué no te has casado, Ben?

—Cosas de la vida. Puedo hacerlo aún, pero me extraña que eso me ocurra. Si te soy sincero, nunca deseé cambiar de estado y eso que no tengo prejuicios contra el matrimonio —y sin transición—. ¿Quieres hablarme de lo negativo que hay en tu vida matrimonial?

—Problemas internos... Quizás tenga yo la culpa, quizás la tenga él.

—¿Quién es tu marido?

—Un profesor de educación física.

—Oh.

—¿Te asombras?

—Me desconcierta. Si tú vivías y pasabas de experiencias bélicas y conflictivas, casarte con un señor que se dedica al deporte escueto... ¿no es algo desfasado, Karen?

Se sentó mejor.

Apoyó un codo sobre la mesa.

Sujetó la mejilla.

—Karen, tienes todo el aspecto de la mujer desencantada, poco idílica. Eras idílica y romántica en aquel momento. ¿Te acuerdas? Juntos contemplábamos la luna, las estrellas, la puesta de sol en los atardeceres.

—Son tiempos idos.

—¿Estás segura? ¿No vuelven los tiempos como vuelve la historia?

—La historia es una cosa y los tiempos pasados, personal e individualmente, es otra.

—¿No son a veces la misma cosa, con otro relieve, otro carisma, otro disfraz?

Lo era.

Se daba cuenta de ello.

Ver a Ben allí con su bata blanca y su nostalgia, ¿no era volver a revivir y desear aquel tiempo pasado?

¿Estaba loca ella?

—El ayer y el hoy —dijo Ben con acento ronco— es volver al mañana. Es buscarlo sin tregua. Es revivir. Es...

—Mejor callar, ¿no crees?

—¿Y sirve callar, olvidar?

—Debe servir.

—Debe, sí, pero casi nunca sirve.

Karen se levantó.

Estiró de nuevo la falda en un afán tópico de estirar lo ya estirado.

Ese movimiento inconfundible de quien nada tiene que hacer o nada hace, y hace para cubrir momentos confusos.

—¿Te vas sin consultar, Karen?

No, eso tampoco.

Necesitaba hablar más.

Era algo que precisaba hacer.

Fuera Ben su médico, fuera el llamado Carlos o el otro pelirrojo que veía moverse en el consultorio.

—Prefería hacer la exploración, Ben.

—¿Conmigo?

Dudó.

Cabía siempre la duda.

Sentía pudor.

Una vergüenza rara.

Un enervamiento.

Una sacudida erótica.

¿O no tanto?

Ben, sin esperar respuesta miraba de nuevo la ficha.

—Aquí dice que deseas una citología. ¿Qué pasa, Karen?

—No tengo hijos.

Una duda.

Un titubeo.

Y después la pregunta directa:

—¿Los deseas tanto?

¿Los deseaba tanto?

¿Qué buscaba allí?

¿Acaso presentía que estaría Ben allí esperando?

No, no.

Una cosa era lo que encontraba y otra lo que buscaba.

Ella no buscaba nada definido en relación con su pasado efímero.

Pero si el pasado estaba allí, como presente y futuro... ¿Acaso decidía así, por las buenas, escapar de él?

No, había sido a medias conocido y por haber sido a medias, no era aceptado, pero tampoco rechazado.

Tenía miedo.

Miedo de sí misma.

De la savia nueva que agitaba sus intimidades.

De la sensibilidad que nacía.

De volver al atrás, al ayer que tanto y tanto significó en su vida.

8

Y en vista que ella no respondía, Ben, afable, íntimo, decía en su calidad de médico y amigo:

—Si no amas, si no eres feliz, ¿por qué te inquieta la venida de un hijo?

Cierto, ¿por qué?

Se encontró diciendo a media voz:

—No lo sé, Ben.

—¿Qué tipo de hombre es tu marido?

—Pasivo.

—Sin pasiones —no preguntaba.

—Te digo que pasivo, elemental.

—¿Tenías tú experiencias antes para juzgar?

—No.

—¿No?

—Nada.

—¿Las mías tan sólo de adolescente reprimido?

—Pues eso tan sólo.

—¿Y te bastaron?

No sabía.

Nunca había pensado en ello.

Una cosa era valorar y otra tener y paladear, palpar.

Disfrutar físicamente.

—Ben, ¿lo dejamos así?

—¿Hay que dejarlo?

¿No era mejor?

Hurgar, analizar, no.

Y comparar, menos.

—Si no eres feliz... ¿no das y de ti se reserva él?

—¿Eres mi médico o mi amigo?

—¿Y por qué no las dos cosas?

Claro.

Mejor las dos.

Porque al ser las dos ella sentía en sí que mataba dos pájaros de un tiro.

Pero ante Ben no era fácil matar nada, ni soslayar nada, ni nada aclaratorio.

Pero, sin embargo, necesitaba un consejo.

¿Quién mejor que Ben para dárselo?

El destino quiso que estuviese allí, y ella se sentía impotente ante aquel destino que aparecía en su vida como una asignación imprecisa, pero convincente.

¿Luchar contra ella?

Era luchar contra sí misma y no podía ni quería, ni sabía si lo deseaba.

Una cosa era su inquietud y su duda. Y otra, muy distinta, ella misma como persona, mujer, ser humano.

—Karen, si un día fui tu amigo, ¿quieres o no quieres que ahora sea tu médico?

No lo veía así.

Lo veía como hombre.

Turbada, enervada, conflictiva.

Mujer ante todo y sobre todo.

¿Fracasada, frustrada como ser humano o sólo como mujer?

Como mujer tan sólo.

—Si quieres pasar —decía él amable, cariñoso—, Carlos te hará la exploración.

—Gracias.

—¿La deseas?

No sabía.

No quería saber.

Empezaba a verse a sí misma.

Desnuda ante sí misma.

Ante su mundo, ante su amigo Ben...

¿Y después qué?

—¿Quieres que luego comamos juntos?

¿No era, el comer juntos, rememorar nostalgias?

¿Se moría así el pasado?

¿El ayer, el hoy y todo incluido en una ponderación física y síquica?

¿Qué recuerdos le traía el ayer?

¿No eran las vivencias presentes?

¿Y las posteriores, no partían acaso de aquel momento?

—No debí venir.

—¿Por qué, Karen?

—Si hubiera sabido que tú estabas aquí…

—Mira, Karen —le cortaba él cálido, con la voz que añoraba—, el destino no perdona ni tergiversa. Está ahí… Y sigue estando ahí aunque uno no quiera. Si el nuestro era encontrarnos… aquí queda.

Tampoco lo aceptaba así.

Ella no podía ser infiel y si seguía viéndolo, ¿no le sería infiel a su marido?

El destino mandaba y manda a la carne y al instinto.

—Que me explore tu amigo —dijo con voz ida.

Ben se levantó.

Parecía más alto y flaco, pero ante todo más persona dentro de sus ropas de médico.

Karen se agitó.

Se miraba más que a él a sí misma.

Era el pasado resucitado.

¿Por su culpa?

No, no, por la pasividad, vulgaridad y monotonía de su marido.

¿Qué buscaba ella en su propia vida?

Algo. Algo diferente.

Sentirse mujer y persona.

Revivida.

Como en aquellos años de adolescencia.

—Sométete a la exploración —decía Ben con voz profesional— y si después te apetece, comemos juntos.

No, eso tampoco.

Era tentar la tentación misma.

Era despertar ensoñaciones.

Era volverlas a vivir.

¿No era eso temerario?

Si Leo llenara su vida afectiva, sexual, sentimental…

Pero lo peor es que Leo no llenaba nada.

Sus vulgaridades más elementales.

¿Y lo otro?

¿Lo que ella echó de menos en su día?

Estaba allí, en Ben.

Con sus recuerdos, reminiscencias del pasado, con el presente y el futuro.

—Tengo miedo, Ben —se encontró diciendo.

También él.

Era volver a empezar.

A apuntalar la nostalgia de aquel paso que nunca superó.

—Ven —decía él con cálida ternura—. Vamos. Te explorarán ellos.

La asía por el brazo.

Y Karen se dejaba ir.

¿Adónde iba?

No importaba ya demasiado.

Iba a buscar una respuesta.

Fuera mejor o peor poco importaba.

El caso era evadirse, llenarse de pasados y nostalgias.

—Ben... ¿tú no?

—No, no. Después, si quieres, pues sí. ¿Te espero?

Era una tentación.

Más fuerte que todo.

Era empezar de nuevo, revivirlo todo.

—Ven por aquí —decía Ben empujándola blandamente hacia el consultorio—. Carlos y Sam te harán la exploración que deseas —y bajo, después de una pausa breve, pero inllenable—. ¿Te interesa tanto tener un hijo?

Se daba cuenta de que no.

De Leo no.

Eso nunca.

—No lo sé.

—Pero quieres saber si eres estéril.

—Eso sí.

—Pues vamos, Karen. Vamos. Te esperaré después. Si te apetece comemos juntos.

Ya sabía, ya, que llenar aquel vacío, era como llenar la propia vida.

Evocó a Bea, con sus fáciles vivencias.

Sin traumas.

Sin inquietudes ni sinsabores.

¿Qué era ella?

Un elemento.

Un ser vivo, sí, pero sensible con sus represiones.

¿Las que dejó tía Leonor?

Eso tampoco.

Era ella.

Ella con su pasado.

Sus penas, sus nostalgias...

—Ven, Karen.

—¡Ben!

—Dime...

—¿Tengo algo que decirte?

—¿No tienes?

Sí, claro.

Pero prefería no decirlas.

Sus penas y nostalgias, sus frustraciones.

—Comeré contigo luego.

—Gracias, Karen.

¿A cuánto se exponía?

A revivir, a notar en sí la nostalgia de cosas que en su día le dijeron poco o nada, pero entonces se lo decían todo.

La voz de Ben sonaba por encima de las elucubraciones de su subconsciente.

—Carlos, aquí tienes a tu enferma, cliente que quiere saber muchas cosas de sí misma.

Le miraba.

Atisbada, confusa, conflictiva.

—No quiero saber tanto, Ben.

—¿No?

Y su sonrisa era la misma.

La del adolescente animado por ansiedades desconocidas.

Las que ella compartió.

Las que vivía, por faltarle la vivencia más ponderativa.

La de su marido.

El que tenía que compendiar toda su vida.

¿Y qué compendiaba ella?

Nada, o casi nada referente a su marido.

Lo esencial era el pasado que volvía con el hoy y más aún con el ayer confundido con el presente. Y lo peor de todo era el presente que no sabía ella cómo enfocarlo porque compendiaba su vida del ayer, del hoy y del mañana.

—Pasa, Karen. Te harán la exploración Carlos y Sam.

—¿Y tú? —preguntó ella entre desconcertada y temerosa.

—Yo quedo como sexólogo para tus aclaraciones más íntimas.

No quería eso. Tenía miedo. De sí misma, del ayer, del mañana…

9

Ben la empujaba blandamente hacia el consultorio.

Los dos médicos compañeros y las dos enfermeras iban de un lado a otro y Ben les dijo, apareciendo con Karen:

—Es amiga mía, Carlos. Disponerlo todo para hacer una exploración a fondo y una citología, cuyos resultados debe volver a buscar dentro de tres días. Yo paso a mi despacho. Cuando terminéis me llamáis —miró a Karen y le palmeó el hombro—. Te dejo en buenas manos, amiga mía. Una vez terminada la exploración podrán darte respuesta a lo que intentas saber. En cuanto al resultado de la citología, si lo prefieres te la llevo yo a donde me digas. Ahí os la dejo —añadió sin esperar la respuesta de Karen.

La joven se sentía como alelada, desconcertada y más que nada sorprendida ante sí misma y todo cuanto estaba sucediendo.

Una enfermera la empujaba blandamente hacia un biombo y le entregaba una bata blanca.

—Desnúdese totalmente y póngase esto. Después llámeme.

Parecía un autómata. Hacía los movimientos como empujada por una fuerza extraña, descorazonadora, porque el hecho de toparse con Ben después de diez años ignoraba aún a qué punto de la vida y de su mismo desconcierto iba a llevarle. El caso es que pensó escapar, en perderse en la calle y olvidar aquel asunto, pero estaba allí y sería absurdo que huyera como una ladrona cuando ella nada había robado, ni nada había hecho aún censurable.

Una cosa tenía clara, no pensaba comentar con Leo lo ocurrido, ni la curiosidad que sentía ante su hipotética esterilidad, ni el encuentro con una persona cuya existencia desconocía su marido.

La exploración fue cuidadosa, le prepararon la citología, se la hicieron y la recogieron para su posterior análisis, después, siempre dentro de su bata blanca holgada, sin mangas, como una capa que la cubría materialmente, guiada por una enfermera retomó al biombo y se vistió.

—Nada indica —decía el llamado Carlos con una voz absolutamente profesional— que no pueda tener hijos. Entendiendo que lleva dos años casada, como nos ha dicho, es muy posible que cualquier día se lleve una sorpresa —aparecía ya vestida—. Por otra parte, según consta en el fichero nunca intentó evitarlos ni tomó anticonceptivos de ningún tipo ni de soltera ni de casada —añadía el médico con naturalidad—. Puede tratarse de algo emocional o la misma ansiedad de quedar embarazada. No obstante, sería muy conveniente que viniera su esposo y se sometiese él a unos exámenes. Hágaselo saber.

No respondía.

Carlos añadía, entretanto el otro médico se dedicaba a preparar con ayuda de las enfermeras un aparato de esterilizar.

—Si tiene alguna duda y desea consultar con Ben, hágalo. Es su amigo por lo que ha dicho y quizás se comprendan bien los dos. Si decide venir con su marido, cítese por teléfono con la enfermera. No le receto nada porque nada queda previsto hasta tener el resultado del análisis. De todos modos, si hay algo urgente, se lo hará saber Ben.

Karen apenas les oía. Pero sí que pensaba en Ben y en que prefería irse sin verlo de nuevo.

Pero Ben sin bata y con un pantalón beige y una chaqueta azul, sobre una camisa azulina y un pañuelo en torno al cuello con un simple nudo, aparecía en el umbral.

—¿Qué hay, Carlos?

—Ninguna novedad negativa. Dos años de casada no es como para desesperarse. En cualquier momento puede quedarse embarazada, de todos modos en cuanto a la citología ya te daremos el resultado para que se lo hagas llegar, o puede venir ella a recogerlo dentro de tres días. Nosotros no encontramos nada alterado. Está capacitada para ser madre en cualquier momento.

—Vamos, Karen —apuntó Ben asiéndola del brazo y mirando a sus compañeros—. Hasta la tarde, chicos.

Karen se dejaba llevar. Sentía en su brazo, a través de la manga del blasier, los dedos amigos. El calor de su contacto la enervaba y sentía en su pecho como una súbita y desconocida agitación.

Debiera salir corriendo.

El que ama el peligro, perece en él, pensaba.

Ella era combativa pese a cuanto de sumisa tenía en apariencia.

Leo no la hacía feliz y de repente aparecía en su vida un recuerdo que siempre añoró aun perdido en su subconsciente.

No obstante salía de la clínica y en silencio caminaba por el rellano hacia el ascensor.

—Bueno —decía Ben apretando el botón de la planta baja—. Te invito a comer. Tus dudas —sin transición— se han disipado. Puedes ser madre, Karen, y en cuanto al resultado de la citología, si no tienes ningún trastorno menstrual, no veo que te dé una sorpresa. A tu edad no suelen pasar cosas raras. Si mal no recuerdo tienes veinticinco años mal cumplidos.

—Bien cumplidos —dijo Karen pisando la acera junto a Ben—. Los he cumplido hace siete semanas.

—Pensar que hace diez años que no nos vemos... Oye, ¿dónde vives?

—En el centro. He de tomar un autobús.

Ben levantó un poco el puño de la camisa y miró la hora.

—Dispongo de tres horas largas, Karen. Me gustaría invitarte a comer. De paso podemos continuar hablando de ti, de tu marido, de tu pasividad ante él o de la pasividad de tu esposo ante ti. No lo comprendo, pero por lo que has dicho, resulta inconcebible que vivas una vida monótona. A tu edad todo sonríe. Ven —añadía—. Tengo mi coche aquí. Por estos lugares hay sitios preciosos para comer. Después te llevo a casa en mi coche.

—Ben —le miraba alzando la cara—, ¿no sería mejor separarnos aquí?

—¿Por qué? Después de diez años un encuentro así hay que celebrarlo. Siempre fuimos estupendos amigos, Karen. Voy poco por León. Mis padres se han jubilado, han dejado la tienda a mi hermana y su marido. Yo no dispongo de tiempo para desplazamientos y si alguna vez disfruto de vacaciones prefiero irme al extranjero. Además, acudo mucho a congresos y me gasto los días de vacaciones en viajes rápidos. Sé que tu padre falleció y que tu hermana se dedica al periodismo. Le veo a veces a través de la televisión. Sé de sus hazañas y sus triunfos como reportero gráfico. De ti no volví a saber. En su día, cuando retorné al pueblo después de un curso, en vacaciones, ya no te encontré y alguien me dijo que vivías con una tía solterona en Madrid. La pista se perdió. Cuando veo a Bea se me ocurre visitarla, pero no me conoce personalmente. Sube —añadía empujándola hacia el coche—. Hubiera sido embarazoso para mí tener que explicarle quién era y lo que deseaba de ella.

—Cuéntame algo de tu vida, Karen. Estás ahí callada mirándome. Da la sensación de que has estado a mi lado toda la vida, de que, de repente, pese a verme a diario, me descubres en este instante —le asía los dedos por encima de la mesa y Karen experimentaba de nuevo una vibración extraña.

Eran mil deseos juntos, mil intimidades compartidas y las que no se compartieron se presintieran y se anhelaran.

¿No estaba ella jugando con fuego?

Ben la miraba cegador, apresaba sus dedos con ansiedad y parecía el mismo Ben de siempre, sólo que en vez de llevar vaqueros y camisa de manga corta y los rubios cabellos alborotados, vestía de sport, tenía carisma serio, muy maduro y se peinaba correctamente.

Habían cambiado los dos, pero de una manera se diría positiva. La madurez les hacía más graves, más rigurosos...

—Puede que te parezca una perogrullada, Karen, pero nunca te olvidé. Siempre te recordé con nostalgia. Con un desconocido pesar. Como si aquello que no hicimos en su día, quedara ahí pendiente. Es raro esto, pero el hecho de habernos encontrado de súbito supone mucho para mí.

—Estoy casada, Ben —balbucía ella.

Ben dio una cabezadita. Tenían el aperitivo delante y esperaban pacientes, sin apuros que les sirvieran el menú pedido.

—Ciertamente me lo has dicho, pero también has añadido que no eras feliz. No se puede aceptar la vida, esa única que tenemos, con dudas y pesares. No está el mundo para tomarlo a broma, Karen. Ni para desperdiciar una sola hora. El hecho de que no seas feliz me indica que te resignas a la mediocridad de una forma conformista, como si para ti la vida fuera un pasaje sin importancia y al terminar, hallarás otro a la vuelta de la esquina, pero resulta que no hay más que ese pasaje, Karen, y una vez finalizado no queda absolutamente nada.

Lo sabía.

Rescató sus dedos y los pasó por el pelo.

—Si me dijeras los motivos que tienes para no ser feliz...quizás pudiera ayudarte. La felicidad es algo confuso, indescifrable. Feliz lo que se dice feliz, pienso que no lo es nadie. Cuando abunda una cosa, falta otra. Cuando crees atrapar una hora de dicha, queda la incertidumbre del conflictivo después. Pero de todos modos tú has indicado con rotundidad que no eres feliz y yo he de entender que te has equivocado al elegir marido. ¿No es así, Karen?

—Lo es. No tenemos ningún punto de afinidad. Ni uno solo. Leo es machista, ordenador, sin polémicas, sosegado en apariencia, vanidoso, sin una virilidad que perturbe mi femineidad... No sé, no sé, Ben. No debiera ser tan clara, pero prefiero serlo y siento la sensación de que necesito serlo. Indudablemente me equivoqué en cuanto al sentimiento que me detuvo, que me obligó a dejar el equipo de mi hermana. Pero nada más casarme me di cuenta de mi error.

—¿Cuánto tiempo os cortejasteis, Karen?

—Tres meses.

—Cielos, ¿te casaste con un desconocido en tres meses?

Karen volvió a pasar los dedos por el pelo.

—Pudo ser mi hartura de los viajes, la vida nómada por esos mundos, perdida entre peligros constantes. O el deseo de detenerme al fin. Pero no, no fue nada de eso. No puedo engañarme a mí misma. Me enamoré de Leo. La novedad, lo diferente, la delicadeza de Leo, sus modales...

—Y después...

—Me di cuenta de que no llenaba ni una sola de mis emociones. ¡Ni una sola! Es aburrido, vanidoso, egoísta.

—¿Tu vida sexual, Karen?

Ni siquiera se ruborizó.

Sentía en sí que deseaba hablar de ella.

Confesarse y analizarse confesándose.

—Es monótona. Nunca deseo a Leo. ¡Nunca! Toda nuestra intimidad es mecánica. Como sería enchufar la aspiradora, freír carne, lavar los platos —aplastó los cinco dedos sobre el tablero de la mesa y los fue encogiendo nerviosamente— . No había tenido experiencias anteriores, Ben. Tus besos furtivos, tus caricias rápidas... Nada. Tía Leonor, con la cual viví algunos años me había reprimido. Me había educado de una forma anticuada. Después que ella murió pasé con Bea, y mi hermana no se esforzó en avisparme. Ella es una persona liberada de todo. Tiene relaciones con José, un peruano que monta sus películas, que colabora con ella asiduamente. Pero se estiman y se desean, no cabe duda. Pero a mí, si bien no me reprimió jamás, tampoco jamás me indujo a conocerme más. Dice que le pesa.

—¿Has hablado con ella de tus íntimas desilusiones?

—Claro. Muchas veces, pero Bea opina que tengo un camino trillado para conseguir la libertad. Y más ahora que tenemos ley divorcista.

—Bea tiene toda la razón.

Karen sacudió la cabeza.

Un camarero les servía y apagó el cigarrillo que fumaba.

Cuando el camarero se hubo ido, Ben insistió a media voz.

—La felicidad tiene solución, Karen. Yo opino como Bea. Si no eres dichosa, si tienes la certidumbre de que te has equivocado, ahí tenemos una ley para subsanar esos fracasos. No puede traumatizarte el hecho de no ser feliz con tu marido. Eso se piensa casi siempre cuando se sufre un fracaso, pero la realidad nos demuestra que la vida puede rehacerse y la felicidad está dispuesta en otras personas que te la ofrecen, quizás sin más valores que tu propio marido, pero sí diferentes y que se acoplan más a tu forma de ser. ¿No has probado nunca a serle infiel?

—Claro que no.

—Lo dices con mucha fuerza, mucho ímpetu.

—No podría serle infiel, Ben. Si un día se lo fuera tendría que decírselo. Y no sirvo para acostarme con dos hombres a la vez. Para mí el acto sexual es una consecuencia del deseo y el sentimiento. Acostarme por una sensación nueva, me sería difícil.

—Eso es honestidad, Karen —dijo Ben por encima de la mesa asiendo los dedos femeninos que temblaban perceptiblemente. Pero si tu propia honestidad te hace infeliz toda la vida, pasarás por la existencia como un ser frustrado.

—Ben, no podemos seguir viéndonos.

—¿Qué temes?

—Lo sabes.

—Sí —asintió él serenamente—. Sí. Pero veo difícil que renunciemos a vernos. No digo renunciar, Karen, que sería hablar de mí mismo y me veo obligado a hablar de los dos. No podremos renunciar ninguno de los dos.

Karen se tensó.

Ben pensó que estaba más linda que nunca. Tenía expresión honda, madura en sus preciosos ojos negros. Un temblor convulso en los labios y los senos oscilaban bajo la camisa blanca.

—A las cinco dejo la clínica, Karen —dijo él de repente—. Vivo en un apartamento por Cea

Bermúdez —metió la mano en el bolsillo interior de la americana y extrajo una tarjeta—. Toma. Vivo ahí. Es un apartamento chiquito, pero cómodo. Para mí solo me sobra y en él cabes tú...

—Ben, no quiero tomar tu tarjeta.

—Y me darás tu teléfono —añadió él—, aunque supongo que lo encontraré en la ficha, suponiendo que te niegues a dármelo. Dentro de tres días te daré el resultado de la citología... Te llamaré por teléfono, Karen. No podemos, ninguno de los dos, desperdiciar este casual encuentro.

10

Karen se juró a sí misma, o se estaba jurando subconscientemente, que no volvería a verle, pero de súbito se encontró diciendo:

—Leo llega a casa a las ocho de la noche todos los días —y muy apurada como si algo, una fuerza interior empujara sus palabras—. Leo nunca aceptará la situación de un divorcio. Es profesor de educación física en colegios de élite. Sería mal visto, tal cual piensa él, que un tipo como es Leo se divorciara. Está siempre trinando contra esa ley.

—Yo no sé si nuestras relaciones cuajarán, Karen —apuntó Ben sensatamente—. Puede que no seamos los mismos y lo estemos pensando y deseando. Puede que al conocernos en profundidad nos decepcionemos. No me gusta usar un lenguaje de metáfora ni demagogia. Soy clarificador en mis costumbres. Suelo llamar a las cosas por su nombre verdadero y no busco en mi lenguaje soterradas intenciones. Eso quiere decir que podemos conocernos y no acoplarnos. Pero si nos acoplamos, si entendiéramos los dos que esos diez años de tregua y separación nos han acercado más, y la necesidad nos obliga a cortar con muchos prejuicios, lo que diga tu marido no tiene ninguna importancia. No tienes dinero. Ni hijos ni nada que te ate legalmente. Por tanto el día que gustes tomas el portante y te vas. La situación de Leo tendrá que ser de resignación y de acatamiento.

—Pero yo no sé si deseo llegar a esa conclusión.

—¿Es así tu conformismo? ¿O es que te sientes tan reprimida que no saltas vallas por el qué dirán?

—No lo sé, Ben. Nada más lejos de mi mente que este encuentro. Además tú, de sincero y claro, me apabullas.

—De nada sirve engañarse. Vivir de falsedades. Mira, yo puedo dejar la consulta esta tarde. Con no ir basta. Podemos tomar café en mi casa, conversar y si nos apetece, probamos a continuar lo que dejamos inconcluso. No me mires así. Estás pensando que de frío y cerebral me paso. No soy frío ni tan cerebral como supones. Mis emociones están dentro y palpitan. Al verte he revivido otras emociones más puras quizás, pero no por eso menos sinceras. En esa soledad de mi apartamento pueden ocurrir dos cosas y estamos preparados para aceptarlas tal cual son. Que nos pasemos la tarde conversando sin acordarnos de nuestro diferente sexo, o que hagamos uso de él por necesidad física y síquica. También puede ocurrir una tercera. Que para ti sea una desilusión mayor que la que te proporciona tu marido.

—No quiero exponerme a eso, Ben —susurró.

Por encima de la mesa Ben asió de nuevo sus dedos.

Se los oprimió de una forma convulsa e íntima.

—Desde el momento en que nos vimos, sabes que esto está en nosotros. Que no podremos escapar de ello. Para bien o para mal ocurrirá, Karen. Y te diré más, no vas a decirle nada a tu marido. Le vas a ser infiel porque él se lo merece. La mujer está obligada a hacer feliz a su esposo, pero el esposo tiene las mismas obligaciones. Y el matrimonio no es un pacto legal, es moral y físico. Tu marido te ha tomado por compañera y no te suelta las alas. Y lo peor es que tampoco él sabe usar las suyas. De modo que tú estás pasando por la vida como una inútil parvulita.

—No me siento con fuerzas para engañarle.

—Aunque lo deseas.

—Aunque lo necesite —apuntó ella atragantada—. ¿Comprendes, Ben?

—Es la represión natural de una educación equivocada, Karen. Si lo prefieres, mientras terminamos de comer te hablaré de mí. Yo estoy aún soltero porque nunca tuve una necesidad perentoria de casarme. Pero no indica ello que no crea en los sentimientos. No soy un escéptico ni un cínico. Soy un tipo que fue pasando por la vida con ciertas añoranzas, con un sentimentalismo profundo. Ya ves, yo que parezco tan frío y tan cerebral, en el fondo soy un sentimental. Tampoco puedo decirte que me haya traumatizado tu recuerdo. No es por ahí. Te he recordado muchas veces, pero nunca con ese afán loco de verte, de tocarte, de tenerte. No, Karen, no. Sin embargo, al verte algo ha revivido en mí. Algo pasado que se actualiza sin querer. Algo que por lo visto ha sido más profundo de lo que yo pensaba y creía. Al verte en el clínico sentí la sensación de que me hallaba en el jardín que bordeaba tu casa, o me perdía tras de ti por los riscos o nos caíamos los dos en las montañas de hierba seca que olía a caliente, amarga y dulce a la vez. Era como nacer de nuevo. No sé si esto es un sentimiento, una necesidad física de terminar una labor emprendida —volvía a asirle los dedos por encima de la mesa apretándoselos casi hasta hacer daño—. Nunca sentí cosa igual y a mi edad que he tenido miles de vivencias sexuales y sentimentales, es delator que me ocurra. Amo el hogar, la familia. Me gustaría formar mi propio hogar, pero nunca hallé la mujer adecuada y seguro que sobran mujeres. Pero te diré, la mujer que me gusta a mí. La mujer con experiencias. No acepto ni rubores, ni vergüenzas, ni timideces. También prefiero la mujer clara, la que se deje ver bien por dentro. La que una vez ligada a ti no te engañará jamás. Y no por reprimida por mí, sino porque me merecerá toda la confianza del mundo. No entiendo los celos, porque se me antojan signos de debilidad y de complejo. La mujer y el hombre han de entregarse en su totalidad y si me apuras mucho prefiero la mujer de alcoba, que una cocinera.

Karen rescató sus dedos.

Miró a lo lejos.

Los comensales seguían entrando y saliendo en el restaurante.

Había muchos coches alineados en la explanada ante el edificio situado en un descampado de Puerta de Hierro.

—Karen, acepta el café que te ofrezco. Claro como soy y como tú me estás viendo que hablo para que me entiendas en una total sinceridad, no dudes de que esta tarde podemos saber los dos adónde vamos a llegar. Tal vez a tomar sólo un café y dilatar la conversación. Quizás a revivir el pasado que en aquel entonces dejamos en suspenso. O pudiera ser que al toparnos, nos diéramos cuenta de que nos estábamos esperando.

—Pero...

—Ya lo sé. No lo repitas. Eres casada, ¿y qué? ¿Vas a renunciar por ello a algo que puede ser el verdadero futuro de tu vida? Ya te digo que los dos estamos expuestos a desilusiones, a decepciones que pueden doler después, pero siempre tendrás la certidumbre de que has buscado algo más lejos del lecho de tu esposo.

—¿Y mis deberes?

—¿Los tuyos? ¿Acaso él no los tiene? ¿Te da él lo que tú necesitas? No, porque de dártelo, dado como eres, no se te ocurriría ni siquiera aceptar una comida conmigo. Yo no estoy coaccionándote, Karen. Me gustaría que me vieras tal cual soy. Sin trampas ni falacias. No entiendo de eso. Mira, Karen, te puedo hablar de vidas felices sin casarse. De parejas que son inmensamente felices dentro de sus creencias naturales, sin más compromiso que el sentimiento que los une. Y te puedo describir matrimonios fracasados, frustrados al máximo, pero viviendo juntos por intereses creados, por egoísmo, por mil lazos que la vida ata y no son fáciles de desatar. La moral para mí no es vivir casado o soltero. La moral es engañar, falsear, vivir de hipocresías. Tú y yo estamos en una fase de espera, de duda, de titubeo por tu parte. Y no te das cuenta que titubeando puede transcurrir una vida. Sería lamentable que te ocurriera eso. Tampoco esperes que tu marido cambie. En dos años es más que suficiente para reaccionar y ver la verdad de cuanto te rodea. Un hombre, además, no cambia sólo porque se lo pidan, ni siquiera porque él lo intente. Sicológicamente es así o asá y así o asá morirá.

Como el camarero acudía preguntándoles si deseaban café, replicó Ben con soltura levantándose.

—No. Gracias. Traiga la nota.

Karen continuaba sentada.

Tenía el puño cerrado, apretados los dedos hasta clavar casi las uñas en la carne.

—Karen, no te invito a nada. Ni pienses que voy a seducirte y menos a violarte. Sería absurdo... Pero sí te invito a que podamos continuar hablando en un lugar apacible.

—Ben...

—Dime, Karen.

Ella se levantó.

Asió el bolso y lo apretó con las dos manos sobre sus senos.

Ben observó su oscilación.

—Ben, prefiero no ir. Quiero reflexionar... Necesito... pensar mucho.

Ben no la atosigó.

A los veinte años la deseó.

La recordó en treguas de soledad.

Al verla sentía de nuevo renacer un deseo insatisfecho.

Pero de eso a coaccionarla mediaba un abismo.

—Vamos al coche, Karen —dijo con dulzura, pasándole un brazo por los hombros—. No te inquietes ni sufras. Tienes todo el derecho del mundo a reflexionar. Incluso a buscar la felicidad junto a tu marido, si es que atisbas en él algo útil que te sirva a ti para alcanzar la dicha. Sube al coche. Te llevaré a tu casa y yo me iré a la clínica.

Karen subía y se acomodaba en el amplio automóvil casi nuevo.

—Siento defraudarte, Ben.

Él rió con aquella risa fresca y a la vez ronca que tanto conocía.

Que tanto le hacía recordar tiempos idos añorados.

La hierba seca, tenía razón Ben. Ella adolescente, él ya con su andadura. Nunca llegaron al acto sexual, pero ella supo de sacudidas anhelosas, de caricias íntimas, de besos en la boca...

Era todo como un recuerdo aglutinado que casi lastimaba sus sienes palpitantes. Se preguntaba incluso si aquel recuerdo no sería el causante de su casi frigidez.

—No me defraudas, Karen. Pienso que serías la última mujer que me defraudase a mí. Pero estimo que tienes tus razones y que tu moral mal entendida te prohíbe aceptar tus propias situaciones aclaratorias. No estoy enfadado ni creo que nunca pueda enfadarme contigo. Ojalá al verte de nuevo, después de diez años, pudieras decirme que eres rabiosamente feliz. Que eres comprendida y compensada. Que tienes hijos a los que llevas de paseo por el parque. Que no tienes soledades morales ni físicas.

Ponía el auto en marcha, pero antes de bajar el freno se volvió hacia ella.

La miró a los ojos.

Había un deseo anhelante en ellos.

Karen sintió la sensación de que se hallaba entre los montones de paja que habían sido desconchados de su trigo las tardes anteriores y aún no habían sido colocados en morenas.

Que el calor de la hierba le subía por el cuerpo y en la boca se le perdía la miel de un cálido y adolescente deseo.

—Karen, te llamaré por teléfono para que recojas la citología.

—Sí, Ben.

Él, de súbito, le asió el mentón con los cinco dedos.

Fue fácil el resto.

Besarla con cuidado, con rigor, con deleite.

Apasionado y lento.

Morboso incluso en aquella lentitud tremenda y subyugantemente prolongada.

Karen abatió los párpados. Era como si de repente todo volviera atrás. El calor de la hierba, la brisa caliente de un atardecer mortecino. El verdor musgoso allá arriba de las montañas deslizantes en su sabana verde, salpicada de riscos desnudos y áridos.

Abrió los labios y recibió aquel beso que era como el mensaje aglutinado de un pasado revivido.

Los labios se diluían unos en otros. Eran ávidos ensoñadores, cargados de recuerdos secretos, de deseos doblegados, de inmaduras adolescencias.

—Ben…

Él se había incorporado.

—Ben…

—Ha sido bonito revivirlo así, Karen. Pero vamos, vamos.

No le dijo adónde.

Pero al llegar al auto al centro siempre dentro del silencio embriagado de los dos, Ben preguntó con lentitud.

—Di adónde, Karen…

—A… mi casa.

—Como gustes.

—Ben… tengo que encontrarme a mí misma. Prepararme. Disponerme moralmente.

—Lo sé, lo sé. Pero recuerda siempre que la verdad no es la que vives sino la que dejas. Y además te daré un consejo. No vivas de engaños frustrados. Eso sería como si te mataras poco a poco y un día cuando quisieras erguirte sobre ese promontorio falso, te hallarás incapaz ya de vivirlo con rigor y vehemencia.

—Ben, te doy mi palabra que te llamaré si... una vez analizada quiero romper con todo.

—De acuerdo, Karen.

El coche rodaba.

Se perdía hacia Cea Bermúdez.

Cuando se detuvo, Ben giró la cara.

No había enfado en ella.

Ni siquiera pesar alguno. Pero sí había en sus ojos un brillo delator de una admiración profunda, de un deseo doblegado, de una ilusión perdida.

—Adiós, Karen. Te llamaré si antes no me llamas tú. Tienes mi tarjeta. No la pierdas.

—No, Ben.

—Después de las seis de la tarde siempre estudio un rato en mi apartamento. Suelo ser noctámbulo. Salgo con frecuencia. Pero desde las cinco hasta las diez estoy en casa.

—Gracias por todo, Ben.

—A ti, Karen. A ti por ser la misma de siempre. A ti por estar joven y bonita y por esa sensibilidad que se asoma como antes, cuando besas.

11

Pensó que iba a sentirse responsable, avergonzada, pecadora.

Pero no.

Leo llegó a las ocho en punto como cronómetro humano que era.

Un beso ligero en la frente, un saludo afable. Y después, despojándose de la chaqueta, empezó a contar sus triunfos.

No variaba. Pero Karen le veía aquella noche de otra manera.

Es más, le parecía imposible que ella compartiera el lecho con Leo una vez más.

Se preguntaba también si no tendría ella la culpa de su compartida infelicidad.

Pero... ¿era Leo un desdichado junto a ella?

Claro que no, Leo era como era y nunca daría más de sí y si ella se apasionase, conocía de antemano la respuesta.

«No pierdas el control, Karen. Una mujer ha de ser siempre modosa y esperar que el hombre la busque.»

Todo lo contrario de lo que ella sentía y pensaba.

—¿Qué has hecho hoy, Karen? —preguntó desplomándose en una butaca junto al televisor.

—He salido de compras.

—¿Qué has comprado?

Nada.

Había salido, por supuesto, pero sólo se había hallado a sí misma.

—Cosas —dijo en alta voz.

—Qué día, Karen qué día. Hemos tenido una pequeña fiesta y no veas cuantos padres acudieron a saludarme. Los Valperril, Los Robledo de Quesada. Los...

Karen que estaba sentada, se levantó.

—¿Te sirvo la cena, Leo?

—Nunca me permites que te cuente.

Karen estuvo a punto de gritarle:

«¿Qué tipo de hombre eres que has de poner por delante los nombres de otros para sentirte tú algo?»

—Es que siempre cuentas las mismas cosas, Leo —dijo con vaguedad.

—No, no. Hoy son diferentes. He compartido con los padres de mis alumnos y hasta me han invitado a una copa en el bar. No sabes cuánto hemos conversado como amigos.

—Pondré la mesa, Leo.

—Si me escuchas desde el comedor te sigo contando.

Y claro que contó.

Pero Karen no le oía.

Sus manos automáticas iban poniendo la mesa. Encendiendo el horno para calentar la cena. Agua, vasos, cubiertos.

Pero se diría que no veía nada y, sin embargo, sí sentía en los labios aquel calor sofocante de un deseo incontrolado.

No podía serle infiel, pero sin duda se lo sería.

Durante la cena continuó oyendo a Leo contar sus grandezas entre la élite que suponían los colegios caros. Vulgarizándose más y más, porque para ella, cuanto más ensalzaba a los otros, más pequeño se hacía él.

—Recogeré en un momento, Leo. Estoy cansada y me iré a la cama.

—Oye —le dijo él a guisa de respuesta—. ¿Podemos hoy?

Claro que no.

Siempre ocurría igual.

Lo prevenía antes.

¿Cómo podía ser después una intimidad compartirla si teniéndola prevista, resultaba odiosa?

—No me siento bien —dijo.

Y es que no estaba dispuesta a hacer el amor con Leo jamás.

Un día se lo diría con claridad.

Y se iría.

Tenía la llave del apartamento de Bea.

¿Por qué no romper con todo?

Empezar una vida nueva...

Sola o con Ben, pero libre de aquella pesadilla que suponía Leo.

—Entonces, como estarás dormida cuando me acueste, me quedo a ver la televisión. Buenas noches, querida.

Tenía veintiocho años mal cumplidos.

¿Dónde estaban sus pasiones?

¿Sus deseos?

¿Es que la vanidad de Leo era el motor que inflaba su vida?

Ya en el lecho, a oscuras, cerrados los ojos evocaba aquel beso que era una continuación de tantos aleteos juveniles.

¡Ben!

Ben con su virilidad, su fuerza, sus preciosos sentimientos, su franqueza.

Ben que había removido cada fibra sensible de su ser.

Ben con sus besos ahogantes y fogosos, Ben que demostraba sólo con un beso lo feliz que podía hacer a una mujer.

¿Qué era ella en realidad?

Un objeto.

Y renegaba contra ello de modo que no sabía si al día siguiente o quizás aquella misma noche rompería con todo.

No se iría, de irse, callada y solapada. Antes tendría que decir cuanto sentía. Y sentía además de desprecio una enorme vaciedad.

Leo oyó pasos lentos y elevó la cara.

La película era de intriga y el hecho de que apareciera Karen en el salón le privaría de enterarse del desenlace.

Por eso dijo atisbándola apenas en la penumbra del pasillo.

—Karen, no hables ahora. Esto está estupendo.

Karen avanzó.

Y al verla Leo perfilada en el umbral, elevó cuerpo y cabeza.

—Karen, ¿adónde vas con tu maleta?

—Te dejo, Leo.

—¿Qué? ¿Qué? ¿Cómo? ¿Estás loca? ¿Adónde puedes ir a estas horas? Madrid está lleno de gamberros. Y con tu maleta. ¿Por qué?

—Lo has entendido bien, Leo. Es que te dejo. Me voy a separar de ti.

—¡Ohhhh! —y avanzando como una catapulta—. ¿Me dejas? ¿Me abandonas? ¿Por qué, Karen? ¿No somos felices?

—¿A qué llamas tú felicidad, Leo?

—Pues... a la nuestra.

Karen meneó la cabeza.

—Verás, Leo, podía irme sin decirte nada. Ni siquiera adiós. Pero no entra en mí hacerlo así. Ni serte infiel estando en tu cama.

—Pero... ¿qué barbaridades dices, mujer?

—Tú supones que me haces feliz.

—Pues... sí. ¿Por qué no? Te doy cuanto necesitas. Compras lo que gustas. No reñimos... Te cuento cuanto hago durante el día en los colegios. Tengo buenos amigos y de vez en cuando vamos al cine. En la cama somos normales, ¿no?

—Tú tienes limitados todos tus goces, Leo. Yo soy más liberada. Deseo infinitamente más y tú no me lo das. La felicidad en el lecho contigo es muy discutible.

—¡Karen, eso es propio de mujerzuelas!

—¿Ves, Leo, como es imposible ser feliz contigo? Lo que tú consideras propio de mujerzuelas hubiera sido un lazo de unión irrompible. Tu pasividad, mi represión. ¿Me conoces de verdad, Leo?

—¿Conocerte? —parecía desencajado y furioso—. ¿Por qué sales ahora diciendo que no te comprendo? Todos nuestros actos entran dentro de la mayor normalidad.

—Si para ti es normal contarme tus pequeñeces diarias, vivir a tu lado tu propia monotonía, llegar al lecho y hacer el amor como si se comiera una uva de la cual no tienes apenas ganas... ¿Es eso normalidad? Para ti, sí, para mí es todo lo contrario.

—Karen, Karen, ya veo que tu hermana te ha contagiado sus inmoralidades.

—Ya quisieras tú ser capaz de sentir con la firmeza y la sinceridad que siente mi hermana.

—Tu hermana es una...

—¿Por qué no te lo callas? —preguntó sin alterarse y asiendo de nuevo la maleta—. Me quedan unas cosas. Ya mandaré a buscarlas. De todos modos las dejo empaquetadas.

—Karen —se le ponía delante—, no puedes hacerme esto. Te has casado conmigo. Me debes acato y obediencia.

—Eso es. Y servilismo. Leo, no te has casado con un libro, ni un mueble, ni una raqueta de tenis. Te has casado con una mujer palpitante, emotiva y sensible. Ni soy tu sierva, ni nunca más tu criada, ni tu ocasional amante. Si tú no tienes inquietudes y en cambio te sobran los prejuicios, quédate con lo tuyo, que lo mío me lo llevo yo.

—Hablas como una vulgar mujer de la calle.

—Si el sentimiento vulgariza, me considero vulgar al máximo, Leo. Mejor para mí, y evitando esta enojosa conversación, hubiera debido irme sin decirte nada. Pero no soy falsa y apechugo con todas las consecuencias.

—Eso no es verdad. Me las dejas a mí. ¿Te imaginas lo que es un profesor de colegios de élite, abandonado por su mujer? Oye, Karen, razona. Tienes todo cuanto precisas. No me gusta lo que dices de la cama —la apuntaba con el dedo tembloroso como si aún no aceptase la realidad que estaba viendo y oyendo—. La fogosidad de la mujer en el lecho debe ser controlada, Karen. No está bien. Nada bien que hables en esos términos tan liberales. Tú eres una chica modosa, bien educada, has ido virgen al matrimonio y bien sabes de mi honestidad que no pretendí durante nuestro noviazgo romper la tradición.

—Es raro —sonrió Karen asqueada— que te aceptara conociendo tus decisiones reaccionarias. Pero me case y por haber cometido el error, ahora me veo sola. Pero mi soledad es mil veces mejor que tu compañía. Porque tu compañía no llena jamás mi soledad espiritual.

—Pero, ¿qué lenguaje es ése?

—Es el lenguaje humano, Leo, que tu desconoces.

—Oye, oye, no he oído nada, ¿quieres? Empecemos de nuevo, pero has de entender que tienes que reprimir tus instintos.

—Una pregunta, Leo. ¿Quién te educó?

—Pues...

—¿Con quién has vivido? Porque ahora me doy cuenta de que nunca hablas de ti mismo en cuanto al pasado.

—Me crió mi abuela que era el ama administradora de un colegio de monjas. Allí me especialicé yo en esto de la educación física.

—Cuando ella falleció decidiste casarte.

—El matrimonio es el estado perfecto del hombre.

—De acuerdo, Leo. Pues tendré que dejarte con el recuerdo de tu abuela reaccionaria, cuya educación te marcó represivo para siempre.

—Escucha, te perdono esta súbita salida. Harás penitencia y prometerás...

Karen caminaba hacia la puerta portando la maleta.

—¡Karen!

—Es definitivo, Leo. Y oyéndote esta noche en tu afán de perdonarme lo que yo no considero necesitado de perdón, más me confirmo en que debo dejarte. Ya te dirán mis abogados cuándo debes comparecer para agilizar el divorcio.

—¡Karen, jamás, jamás aceptaré ser un divorciado!

—Pues lo siento por ti. Tardaré más o menos, pero... me divorciaré de ti.

—Karen, Karen... —llamaba entretanto Karen tomaba la dirección de la puerta— Karen, te perdono, te disculpo. Olvidaré todo esto. Te juro que lo olvidaré.

Karen salía ya del ascensor y aún oía procedente del rellano la voz sofocada de Leo diciendo que le perdonaría.

¿Perdonar qué?

¿Haber pretendido hacerla una sierva dócil, controlada y reprimida?

Respiró hondo.

No lejos había una parada de taxis.

Así que caminó hacia ella y subió a uno.

Dio la dirección de la casa de Bea.

Estaría allí hasta el regreso de su hermana, pero aquella misma noche llamaría a Ben.

No fuera a ser que Ben la llamara a su casa para citarla por lo de la citología y contestara Leo...

Respiró a pleno pulmón.

Se preguntaba si de no haber visto a Ben aquella tarde, reaccionaria así.

Claro que lo haría. Tardaría más o menos, pero inevitablemente ella no podría realizarse jamás con un tipo como Leo.

12

Dudó antes de marcar el número del teléfono. Y si bien su dedo temblaba, al fin se encontró con el receptor pegado al oído y oyendo el rinng, del teléfono en otro lado.

Tardaron en levantarlo.

—Diga.

—Ben, soy yo.

—¡Karen!

—Oye, te llamo para decirte que no me llames a casa. He dejado a Leo.

Un silencio.

A Karen le parecía interminable.

Toda ella temblaba.

Todo se agitaba en su ser.

—Karen... lo has dejado.

—He tenido que hacerlo. Me di cuenta de que no soportaba más. Fue como si el vaso estuviera a rebosar y la última gota lo vaciara.

—¿Dónde estás?

—En el apartamento de Bea. Siempre me deja la llave cuando marcha... Me quedo aquí, ¿sabes? Me iré mañana a la agencia y pediré mi puesto. El primero que tuve antes de integrarme al equipo de Bea. Como además mi hermana trabaja mucho para esa agencia, me darán el empleo. Tengo ansias de colgar la máquina al hombro y lanzarme a la aventura de la vida, del mañana incierto, de la lucha.

—Iré a verte ahora mismo, Karen.

—Ben...

—¿No te has lanzado? Permíteme que yo te haga compañía. Charlemos, Karen. Si no quieres... No te forzaré a nada. Pero podemos hablar. Hay mil cosas que decirse cuando se ha ocultado el baúl lleno de ellas durante diez años.

—Pero...

—Te digo que no intento romper nada, ni destruir, ni convencerte. Nada hay más desencantado que afiliar el amor a una propuesta, a una situación prevista. ¿Entiendes? Voy en calidad de amigo. Y conociéndome sabes que es así.

Lo dudó.

Ella se sentía más que amiga de Ben.

Infinitamente más. Y Ben de ella.

Era una tentación.

Una provocación a tantas represiones.

Pero como ser humano... ¿podía escapar ya de ellas?

—Karen, dime, dime...

Se lo dijo.

Con voz sibilante o más bien vibrante, le dijo dónde vivía.

—¿Has comido? —preguntó él.

—Sí.

—Yo no, por tanto compraré algo de paso para tu casa.

Tuvo tiempo entre que llegaba Ben y reflexionaba ella, de aturdirse un poco colgando su ropa en el armario del dúplex estrafalario de su hermana, pero muy propio de una bohemia como Bea.

Adorable Bea que bajo su aparente indiferencia, mantenía tenaz sus sentimientos engarzados en el mismo hombre. Bea podía casarse o no casarse, pero conociéndola, nunca jamás faltaría a su fidelidad. Bea era una mujer cerebral, extremadamente inteligente, pero emotiva y sensible.

Indudablemente ella suponía que antes de conocer a José habría tenido múltiples aventuras, pero una vez ligada con José se había entregado a aquel afecto profundo y serio.

Fue más tarde.

Ya se había cambiado y cepillado el negro pelo más bien corto, enmarcando un rostro de rasgos exóticos donde los ojos avivaban un brillo cegador. Vestía la falda de hilo color cereza y una camisa blanca de manga corta. Aún calzaba los altos zapatos, y el blasier que hacía juego con la falda lo había colgado en el armario.

Menuda sorpresa la de Bea cuando regresara, pero Bea tardaría. Si se sabía de ella y su equipo era por las noticias que ofrecía la televisión. Nunca escribía ni llamaba por teléfono.

Miró en torno y topó tantos objetos familiares... Podía preguntarse cómo pudo ella dejar aquella intimidad emotiva para casarse con Leo. Había sido increíble, pero también aquella negativa experiencia la había enriquecido ya que con mayor motivo sabría a la sazón diferenciar lo positivo de lo negativo.

Cuando oyó el timbrazo se incorporó sin una duda.

Ignoraba qué iba a ocurrir entre ella y Ben aquella noche, mas era evidente que no escaparía de nada.

Tenía muy clara una situación. Había dejado a Leo. Jamás volvería a su lado, por lo tanto no le era infiel ya que ninguna responsabilidad moral le ligaba ya a su marido.

No intentaba tampoco moralizar nada.

Intentaba únicamente asir la parcela de felicidad que la vida le tenía reservada, y si también esa parcela le era negada, tendría que aceptar su invalidez para el amor, aunque conociéndose entendía que era válida y que quizás pedía demasiado a la vida y al amor.

—Hola —entró Ben saludando, viéndosele apenas los ojos pues cargaba con un par de enormes paquetes llenos de comestibles y bebidas—. Si te has apoderado del apartamento de tu hermana vacío, he pensado que no tendrías ni un pedazo de pan que llevarte a la boca.

Se los quitó de los brazos y los llevó a la cocina.

Al volverse vio en el umbral de aquella pequeña cocina a Ben recostado.

—¿Cómo ha sido, Karen? ¿Tuvo la culpa nuestro inesperado encuentro?

Ella meneó la cabeza y cruzó el umbral bajo el brazo de Ben.

—Un día u otro tendría que ocurrir, Ben. No sé si mi decisión la ha precipitado nuestro encuentro. Pero sí sé que no podía más y se lo dije. No hablé de ti, eso no tenía por qué decirlo. De que lo dejaba. De que pediré el divorcio. Necesito ser libre. Arrancar de mí tantas frustraciones —se alzó de hombros cayendo perdida en la esquina de un diván—. Me pregunto, Ben, si esto que siento y que quizás me empujó a precipitar las cosas, no será una atracción profunda que siento hacia ti. No te niego que al verte se removieron mis nervios, que todo mi cuerpo palpitó en una vibración sólo conocida cuando tenía quince años y despertaba en mi la pubertad. La pasión —añadía sintiendo como un silencioso Ben se sentaba a su lado—, y la atracción pueden ser armas poderosas de momento y vaciedades al vivirlas... Es posible que yo sea para ti una dura desilusión y que tú para mí seas la continuidad de mis decepciones. Pero como ser humano tengo todo el derecho del mundo a saberlo y para descubrirlo he de vivirlo.

Ben asintió sacando la cajetilla y ofreciéndosela mudamente a Karen.

Ella tomó un cigarrillo y lo prendió entre la abertura de sus labios.

Ben le ofreció lumbre.

Hubo un silencio.

Se diría cargado de ansiedades o de pesares por un encuentro que tanto podía dar mucho, como negarlo todo.

—Si deseas tomar café, Ben, lo hago. Bea deja siempre tarros de café para imprevistos. Yo suelo venir aquí en sus ausencias. Sola, es verdad, pero me gusta recordar días mejores.

—Leo se pondría hecho un energúmeno —apuntó Ben fumando con fruición.

—No tanto. Leo aduce cosas que no pueden cuajar en mí ni en mi modo de ser. Vergüenzas, humillaciones... Asegura también que la fogosidad de una mujer es perversión y vicio.

—¡Vaya con el santurrón!

—Mañana iré a la agencia a pedir trabajo. Me lo darán. No he trabajado durante mucho tiempo, pero soy buena reportera gráfica. Suelo expresar la noticia con justeza y acierto. Debo trabajar, realizarme como profesional. No entiendo aún cómo renuncié a todo. ¿Qué buscaba en el matrimonio? ¿Una compensación a mis dominadas ansiedades, o un placentero vivir en el goce de la unión con un hombre como yo? Pues he fracasado.

—Lo dices con mucha amargura.

—Es que no es placentero el fracaso, Ben. ¿No lo entiendes?

Ben pasó un brazo por el respaldo y sus dedos acariciaron al cabello femenino. Una y otra vez. Cuidadoso y lento.

—La vida está marcada por ciclos —comentó—. Unos mejores y otros peores, Karen. Nos toca ahora vivir uno los dos juntos y si no cuaja, nos diremos adiós como dos grandes amigos. Espero que seamos valientes para reconocerlo. ¿No crees que lo seremos?

—Supongo que sí, Ben.

Y su mano asió los dedos de Ben que colgaban de su hombro.

No fue un estallido.

Lo de ellos, con ser apasionante, era más puro que un deseo desnudo y físico. Era algo inefable que estuvo anidado dentro muchos años y que el tiempo ni había borrado ni había destruido.

Al asir ella con sus manos los cinco dedos masculinos, Ben oprimió el brazo sin cautela, sólo con ese afán de protección y de entrega. La cerró contra sí y ella volvió el rostro.

Los ojos en los ojos.

Un aliento compartido, ardiente y sosegado al mismo tiempo. Un temblor convulso que lo conmovía todo.

Ni palabras, ni promesas, ni ruegos.

Sólo la mirada emotiva de los dos diciendo tanto en aquel silencio sosegado.

Las bocas se buscaron.

Nunca se podría asegurar qué boca buscó primero.

Era el beso necesario. El sello que juraban sin palabras, algo que estaba dentro y que necesitaba palpitarse para denotar su viva existencia.

Los labios se apretaban más y más, sin locos arrebatos. En ese afán de encontrar algo más que el goce físico. Algo que partía de los dos y con la fuerza de una realidad de la cual no puedes escapar jamás.

Ben hizo un breve movimiento y la cabeza de Karen cayó hacia atrás.

Se entornaron los párpados.

Se diría que en el afán aglutinante de gozarlo todo no se apresuraba nada y se daba tiempo y sosiego para paladearlo con mayor rigor y fuerza.

Era silencioso todo ello, pero hay silencios que superan las miles de palabras que podrían decirse en expresión auténtica de lo vivido.

Karen sentía en sí que el cuerpo se le hormigueaba, que en las sienes le golpeaba algo con fiereza y placer infinito al mismo tiempo, que los senos oscilaban bajo la presión del pecho masculino.

No supo cuándo tuvo necesidad de hacerlo.

Sin rubores ni vergüenzas.

Con ansiedad y deleite que alzó los brazos y con su dogal rodeó el cuello de Ben.

—Cariño —susurró él.

Karen no decía nada.

Se iba deslizando hacia el diván empujada levemente por la presión de Ben.

No supo cuándo ni en qué momento.

Sólo sabía que era preciso compartir aquello, que llenaba de gozo cada suspiro y cada sacudida.

Era una realización como mujer. Era como si se casara perdidamente enamorada y temblara de amor por primera vez en su vida.

En su afán elucubrador pensaba que jamás había vivido.

Que la posesión nunca había existido.

Que desconocía al hombre y cada sacudida pasional.

Que el deseo nunca anidó en ella, ni nunca la menguó, ni la engrandeció y de repente, allí, en el secreto íntimo de un revivir lo iniciado, se convertía en mujer.

—Ben...

—Calla, querida.

—Es que...

Y en los labios la caricia ardiente de aquel amargo y dulzón sabor y la frase temblorosa que parecía entorpecerse en la pronunciación.

—Sé lo que es.

—¿Lo sabes?

—¿No te siento?

Se sentían los dos.

Era inefable estar allí, sentir aquella paz después de la pasión.

El blando lecho de Bea convertido en lecho de pasión, de vicios perdonables revividos.

—Ben...

—Dime.

—¿Te digo ahora?

—¿No sabré lo que vas a decirme?

—Crees que lo sabes.

—Sí, sí...

Una luz se velaba y en el silencio el suspiro compartido de Ben y Karen indicaba una vida continuada, aunque iniciada diez años antes.

En el suelo, sobre la moqueta verdosa se veía la falda color cereza, la blusa blanca y más lejos las ropas de Ben, arrugadas, tiradas unas sobre otras.

De allí partía la voz tenue de Karen.

La ronca de Ben.

Y después de nuevo aquellos besos sin ruido que a fuerza de ser profundos no restallaban.

Hacía calor.

Y el otoño enviaba una brisa cálida por la ventana abierta donde la cortina se bamboleaba.

A veces se escuchaba la voz susurrante de Karen y la de Ben entremezclada.

Un nuevo día palpitaba asomando un sol calenturiento, enrojecido, por encima de las casas...

Parecía oler a hierba seca, a musgos, a montes calcinados... a bruma muy temprana...

13

Quedaba allí la huella de su cabeza en la almohada, su olor a loción masculina, el calor de su cuerpo en su cuerpo.

¿Qué había ocurrido?

¿Una pesadilla?

¿Un haber soñado en el recuerdo de lo inalcanzable?

—Ben —susurró.

Y con los dos brazos asió toda la almohada y perezosa oprimió la cara en ella.

Evocaba el beso que le dio cuando se iba.

Y la voz ronca, amante, decirle:

—Volveré a buscarte. No te quedarás aquí. Nos iremos los dos a mi casa. Ahora tengo que irme...

Y se había ido, de acuerdo, pero quedaba allí en sombras. En palpitaciones y sacudidas pasionales. En frases cortas. En aquel hacer suyo hábil y maduro.

¿Qué había hecho ella hasta entonces casada con Leo? ¿Vegetar?

Anhelar algo que no tenía nombre o, en aquel entonces, ella no sabía dárselo.

¡Pasión, deseo, vivencias compartidas, sacudidas deleitosas y una ternura viva dentro de la posesión misma!

Luego la conversación a media voz.

Su cabeza en el pecho masculino y los dedos de Ben alisándole el pelo…

«No soy una viciosa —pensaba en su recuerdo—. Soy una mujer con anhelos y pasiones, y he conocido a un hombre en toda su potencia. Ni soy frígida ni pasiva. Soy vehemente, apasionada. Soy una mujer viva que desea, que sueña, que realiza…»

No supo en qué momento sonó el teléfono.

Alzó la mano aún ensoñadora, soltando media almohada.

—Dígame.

—Karen…

—Ben… Ben…

—Oye, ¿no te has levantado aún?

—Estoy aquí despierta pensando en ti. Ben, ¿he soñado?, ¿he vivido?, ¿hemos estado juntos?

—Y hemos renacido, Karen, compañera. Hemos asido las riendas del potro que dejamos detenido aquel día. ¿Qué día fue ya, Karen? ¿No sería ayer que sin darnos cuenta lo llevamos de la brida hacia nosotros?

—¿Dónde estás?

—En la clínica. Oye, te llamo para oírte. Para imaginarte, para sentir que te poseo... Verás, Karen, cariño, nosotros dos sabemos ya que estamos hechos el uno para el otro. Pudo ocurrir lo contrario, pero ocurrió, sin duda, lo que teníamos previsto. He pensado algo y te lo voy a contar.

—¿No puedes venir tú?

—No. Tengo una cita importante con mi abogado. Ya verás qué fácil es todo tratándose de tu marido lleno de prejuicios. Es fácil de dominar la situación, pero ahora no pienso contártelo. Levántate, date un baño, haz la maleta y usa la tarjeta que metiste ayer en el bolso, así como la llave que verás sobre el tocador. Está junto a una flor.

Alzó los ojos.

—Ben, esa flor...

—La he dejado yo. He ido a buscarla y la metí en un vaso. Son mis buenos días, Karen. Escucha, ve, te digo, a casa, a nuestra casa e instálate en ella. De paso no dejes de visitar la agencia. Eres profesional de la cámara y debes realizarte como tal, porque cuanto más te realices así, más mía serás. Yo veo la vida desde un prisma diferente, Karen. Las labores de casa ya las haremos entre los dos. De momento no dejes de hacer eso.

—No te importa que trabaje, Ben —dijo maravillada.

—Al contrario. Pienso que todos debemos de compartir ocupaciones y que serán más livianas las de casa para dos, como más mujer serás realizándote como profesional y viviendo las inquietudes de la calle. No iré a almorzar, pero a las cinco estaré en casa. Ya verás que se trata de un apartamento pequeñito, pero suficiente para dos, que si un día tenemos hijos, y no los vamos a tener de momento, que soy de los que prefiero planificar la familia, ya buscaremos otro. De momento nos es suficiente ése.

—Ben, ¿estás seguro de que has sido feliz a mi lado?

—Nunca, jamás lo fui tanto, Karen. No entiendo cómo has podido reprimirte dos años. Te aseguro que tu marido no te ha conocido. Pero mejor para los dos.

—Estaré en tu casa...

—La de los dos.

—Bien, así como tú dices, dentro de dos horas escasas.

—Yo llegaré hacia las cinco y media y te contaré qué hice.

—Pero... ¿qué vas a hacer en particular?

—Por primera vez en mi vida, coaccionar a una persona.

—¡Leo!

—Ni más ni menos. Hasta luego, gatita.

—Ben…

—Hasta luego.

Colgó.

Quedó vibrante y tensa al mismo tiempo.

Saltó del lecho y cubrió su desnudez con una bata, yendo directamente hacia el tocador. Asió la flor y la llevó a la nariz.

No olía, pero estaba viva, aún húmeda y fresca.

—Ben, Ben querido… No huele, lo sé, pero a mí me da la sensación de estar en los riscos, de buscar entre el musgo la flor silvestre que entonces adornaba mi pelo y tu solapa…

No se sentía bien. El hecho de que se enteraran todos de que su esposa le había abandonado le traumatizaba. Y le daba la sensación de que cuando le miraban todos lo sabían, pero de momento no lo sabía nadie, estaba seguro.

—¿Cómo dijo que se llamaba, Ricardo? —preguntó al jardinero del colegio.

—Doctor Urrutia.

—Nunca oí hablar de él. Pero seguramente es padre de algún alumno nuevo.

—No tiene cara de padre —refunfuñó el jardinero alejándose—. Te espera en el recibidor.

—Así en chándal…

—Puaff… —refunfuñó el jardinero alejándose—. ¿Acaso no eres profesor de educación física? ¿Qué quieres tener puesto, esmoquin?

Leo intrigado y descontento por lo que sucedía en su vida, entró en el recibidor y cerró tras de sí.

Un hombre joven, vestido de gris y azul le esperaba de espaldas a la puerta. Al sentir cerrar aquélla Ben giró.

Miró fijamente a su interlocutor.

Un hombre joven, bien parecido, de mirada huidiza…

—Usted dirá, señor…

—¿Es usted el profesor de educación física, señor Benjumea?

—Para servirle.

—Yo soy Benjamín Urrutia, médico y viejo amigo de su esposa.

—¿De mi…?

Y Ben apreció su vacilación y sus temores. Miraba aquí y allí como asustado, como temiendo ser oído.

—Señor, mi esposa…

—Lo abandonó, lo sé.

—Pero…

—Es una vieja historia. Tampoco merece la pena sacarla a colación. Ayer tarde nos hemos visto de nuevo después de diez años de separación.

Cuando yo era su amigo ella tenía quince y yo veinte… Fue allá, en el pueblo de León. Quizás Karen nunca le habló de mí.

Leo sintió vergüenza.

Los prejuicios saliendo a la cara en rojeces tímidas.

—Karen nunca me habló de usted…

—Eso no importa demasiado —y sin transición—. ¿Nos sentamos?

Leo cayó en la silla como si le derribaran de un puñetazo.

Aquel hombre le imponía. Tenía una personalidad abrumadora y una voz potente. Él hubiera dado algo por ser así, pero no podía.

—Señor Benjumea, vamos a dejar los rodeos, ¿le parece? Pienso también que no sabe los motivos que tengo para buscarle aquí. Pero se los explicaré en pocas palabras. Veamos. Karen y yo pensamos casarnos algún día. No tenemos mucha prisa. Pero sí que deseamos ser libres. Yo lo soy por mi soltería. Pero Karen está casada con usted… Vengo de ver a mi abogado y preferí darle los detalles de lo que vamos a hacer.

—Yo…

—Verá, usted ocupa un puesto social como profesor de colegios privados, cuyas ideas reaccionarias casi todos comparten. No voy a discutirlas ni pienso enjuiciarlas. Cada cual es cada cual.

Pero la vida de dos personas no puede estar supeditada al parabién o al rechazo de los demás. Es ésa la razón que vengo a proponerle discreción, pero no acepto a cambio freno.

—Quiere decir... —y asustado miraba en torno como temiendo les estuvieran escuchando.

—No hay nadie. No tema. Y no tema tampoco en cuanto a la publicidad... Yo no soy famoso ni Karen goza de ningún privilegio social o popular. No obstante, en este mundo tan pagado de sí mismo, tan vendible y tan comprable, uno se hace famoso sólo con provocar un escándalo.

—Escándalo nunca —siseó Leo asustado.

—Eso es precisamente lo que yo estimo en cuanto a usted. Ni le conviene ni sería prudente dar publicidad a algo que se puede legalizar en silencio. Usted está casado y lo saben en los colegios donde trabaja. Sin embargo su esposa es reportero gráfico y no tiene nada de particular que haga uso de su profesión, por lo que sus ausencias pueden justificarse de algún modo. Y eso sólo en el supuesto de que le pregunten. Pues tengo entendido que su profesión, me refiero a la de usted, no está relacionada en modo alguno con Karen.

—Ni la conocen siquiera —titubeó Leo dispuesto a cualquier precio a que se ignorara su situación matrimonial en los colegios donde prestaba sus servicios—. No sería capaz de soportar que mi estado actual llegara a los oídos de los padres de mis alumnos y a otros compañeros.

—De acuerdo —aceptó Ben que conjuntamente con el abogado lo había planeado todo en vista a la personalidad débil del profesor casado—. Yo no pienso pregonarlo, pero tampoco tolero que me obligue su equivocada discreción a vivir adocenado, cuando pretendo casarme con Karen.

—Pero sí ella es mi esposa... Volverá. Le aseguro que volverá.

—No volverá. Y después de conocerla a ella en profundidad y de conocerle a usted, me reafirmo más en ello.

—¿Entonces qué desea de mí? ¿Qué va a hacer usted? Karen es mi mujer... Yo no puedo dar publicidad de una desavenencia.

—Nadie dará publicidad si así lo desea y accede al divorcio —extrajo una tarjeta del bolsillo—. Pásese por esta dirección, firme los documentos que le dé mi abogado y acepte las cosas como son. Si no visita a mi abogado, si se opone, sí habrá publicidad, y eso no le ayudará a usted mucho. De todos modos un día u otro, tarde más o tarde menos, lograré que Karen sea libre. En usted está que todo pase inadvertido.

—Pero... si se sabe...

—Le doy mi palabra de que cuando se den cuenta será usted libre y Karen no aparecerá más en su vida. Usted no la ama, señor Benjumea.

Leo coloreó.

—La amo, a mi manera.

—¿No es una pobre manera de amar?

—Karen es viciosa... es distinta... Yo...

—Vale, vale. No me diga cómo es Karen. Lo sé. Y también, estoy sabiendo cómo es usted. Como médico sé de seres humanos que nacen cojos, mancos, jorobados y también débiles... Cambiar a las personas cuando son adultas y cuando se creen convencidas de que son mejores, es empresa difícil que no pienso subsanar —hizo una rápida transición—. ¿Estará a ver al abogado esta tarde a las cinco? Piense que le doy mi palabra de la mayor discreción.

—De lo contrario...

—Tendré que dar publicidad sin desearlo. Comprenda...

—Iré —se atragantó Leo—. Iré...

—Gracias, señor profesor.

Más tarde, apretando a Karen contra sí, decía apenado:

—Es un pobre diablo, cariño. Lo que no entiendo es como te has casado con él enamorada.

—Me he casado, pero ahora ya sé que nunca lo hice enamorada.

—Ha picado el anzuelo como un corderito —siseó Ben embriagado y buscando con su boca los labios femeninos—. Es débil, es vanidoso y para colmo está lleno de temores y prejuicios. Pero eso ya no importa, Karen. El divorcio no se conseguirá en seguida, pero lo bastante para conocernos más y más.

—¿Más?

Reían los dos.

El amor es egoísta.

Las debilidades de Leo Benjumea pasaban muy a quinto o sexto plano.

Ellos estaban allí, solos, en una tarde que moría y Karen miraba deleitosa el pequeño apartamento confortable donde se había instalado en la mañana.

—Tenemos que comer, Ben.

—¿Comer? ¿Ahora? ¿Quién nos da prisa? Después, después...

—La comida... se enfría.

—¿No quieres vivir ahora? Comer después. Para comer siempre hay tiempo, para vivir a veces poco y hay que aprovecharlo.

—Pero...

—¿No quieres?

Y su voz se confundía en los labios abiertos que esperaban el largo beso....

La comida se enfriaba...

14

Trabajaba en la agencia.

A veces se pasaba el día fuera de casa y regresaba a la noche rendida. Cuando eso ocurría era Ben quien, rodeada la cintura con un delantal de colores, hacía la comida.

Pero ni Ben ni Karen renunciaban ya a lo que era su vida profesional y afectiva. Es más, trabajando, había una ansiedad especial por llegar a casa, desnudarse, darse una ducha, relajarse y sentir a Ben con la misma pasión del primer día.

¿Los trámites de divorcio?

Firmados por Leo todos los documentos, puestos de acuerdo las partes y los abogados, todo era cuestión de trámite. Por tanto no cabía más que esperar.

No había impaciencia en la espera. Para quererse no necesitaban un certificado legal. No estaban en contra de ello, pero tampoco el motivo causaba trauma o desazón y menos impaciencia.

Se comportaban como dos personas casadas y hasta muchos ni sabían que sólo eran pareja sentimental.

Podía cerrarse aquí el nuevo ciclo de aquella vida en común, pero quedaba algo por decir, Bea.

Bea que regresó a Madrid, al cabo de seis meses de haberse ido, con novedades para la televisión.

—Mira —dijo Ben que leía mientras Karen en un cuarto oscuro, apropiado para revelados, manipulaba unos negativos—. Ven, Karen, ven. Mira quién está en la tele.

—Esa loca está en Madrid. Igual anda por España desde hace un mes y yo sin saberlo —corría ya hacia el teléfono—. La llamaré.

—Pero si está en la tele...

—Qué va. Eso es en diferido —ya marcaba el número—. No contesta.

—Habrá llamado a Leo, supongo.

—Pues le diría que no estoy, pero Leo no confiesa por nada del mundo que le abandoné.

Ben había dejado el libro y se acercaba despacio a Karen.

Había cambiado Karen.

Más delgada, más moderna, embebida en su trabajo y su amor que nunca reñían entre sí, parecía más ella. Más personal, incluso más femenina.

—Karen —la asió por la nuca—, deja. Ya llamaremos a Bea. Y si te parece, mañana la visitamos.

—Pero tú no conoces a Bea. Igual se larga sin avisarme —continuaba llamando entretanto Ben la besaba en la mejilla.

Ella le miraba.

—Ben, eres un cielo. ¿Sabes que me siento más mujer desde que vivo contigo?

—Que son seis meses ya...

—¿Tanto? Espera, espera, ahora levantan el teléfono. ¿Bea? ¿Eres Bea?

Una voz de hombre respondió cansada:

—¿Quién eres? Oye, que estoy rendido.

—José...

—¿Quién eres tú?

—Karen.

—Pero... ¿no estabas de viaje? —José parecía despabilarse—. Hace una semana que andamos por Madrid y tu hermana te llamó por teléfono. Leo dijo que viajabas.

—Dile a Bea que vamos a veros.

—¿Vamos? ¿Quiénes? ¿Leo y tú? Oye, Karen, ya sabes lo que opina Bea de tu marido y sabes que no es educada como Leo, de modo que le expones a que le ponga colorado.

—Es igual. Esperarnos.

—Karen, aguarda. Bea está acostada. Llevamos trabajando en el montaje no sé cuántas horas sin dormir.

—Dile que despierte, José.

Y colgó.

Ben la retenía aún.

—Karen, estuve oyendo. ¿Por qué no lo dejas para mañana?

—Ahora, Ben, quítate ese batín y ponte la americana y el abrigo. Yo me pondré un poncho...

—Pero...

—Por favor. Verás qué susto le damos a mi hermana. No te conoce, pero sabe perfectamente quién eres. Es más, la última vez que nos vimos hablamos de ti.

Casi sin darse cuenta Ben se vio entrando en el apartamento donde por primera vez hizo a Karen suya y donde supo que jamás podría olvidar a aquella chica.

Un hombre de tez morena y facciones pronunciadas, en mangas de camisa, el pantalón medio cayendo les miraba interrogante.

También Bea perdida en un batín, asomando por él los pantalones del pijama, miraba a su hermana con una ceja alzada.

—Karen...

—Hola, Bea, hola, José. Os presento a Ben.

Bea puso la mano de visera para verlo mejor.

—¿El hijo del tendero, Karen? ¿Dónde demonios lo has pillado?

—Hola, Bea —saludó Ben algo cortado—. Karen y yo vivimos juntos desde hace seis meses... escasos.

—Vaya, y el pardillo de tu marido diciendo que estabas de viaje. Pero sentaros, sentaros. José, vente aquí, déjate de dormir ahora. Hay que celebrar esto. Saca una botella de champán.

José obedecía con desgana, si bien tenía un sueño atroz y un cansancio indescriptible, pues se había pasado una semana montando el film.

No obstante obedeció.

—De modo que al fin has dejado a Leo. Oye, ¿y cómo lo has dejado? ¿Te estás divorciando?

Se lo contaron todo entretanto José somnoliento descorchaba la botella de champán.

—Y os casaréis tan pronto tengáis la sentencia de divorcio.

—Claro, Bea, no somos como tú que pareces tener miedo al matrimonio.

—¿De verdad?

—Si te casaras…

—El champán —dijo José acercando las copas.

—Karen, Ben —señaló Bea asiendo su copa—. José y yo estamos casados.

—¿Qué?

—¿Es posible?

—Nos casamos en Nueva York hace cosa de tres meses. Yo me quedé embarazada y pensamos José y yo que no nos apetecía tener hijos sin nombre, así que nos casamos y a los dos días yo aborté por un traspiés que di bajando del metro. ¡Cosas de la vida! De todos modos —se alzaba de hombros—, ni a José ni a mí nos pesó habernos casado. ¿Verdad, cariño? Anda, dales las buenas noches y vete a la cama. Estás rendido —y mirando a su hermana y compañero—. Lleva montando la película una semana entera. Y tampoco venimos abundantes de sueño. Por otra parte, si nos financian y parece que sí, nos iremos de nuevo la semana próxima.

Y sin que respondieran ninguno de los dos, palmeó los dedos de Karen.

—Me alegro, hermana. No sabes cuánto me alegro que al fin te sientas mujer. Junto a Leo sólo podías sentirte objeto.

—Además trabajo en la agencia para la que tú colaboras.

—Vaya —exclamó Bea— entonces ya te veo en mi equipo.

—Eso sí que no, Bea —rotundo Ben—. No me separo de Karen por nada del mundo.

—Eso mismo dice José —rió Bea beatífica ocultando como siempre sus emociones—. Pero es que José y yo trabajamos juntos.

—Te propongo una cosa —dijo Ben de súbito, entretanto conducía el coche—. ¿Aceptarás?

—Di qué cosa y te responderé después.

—Es un poco loca.

—¿Y no estamos los dos locos de vez en cuando? Pero, bendita locura la nuestra si nos hace felices.

—Allá va. Pasar la noche en un hotel como los robadores de goces prohibidos.

—¿En un hotel?

—Pues sí, ¿qué pasa? Un terreno neutral. Dos golfos algo viciosos...

Karen le asió el brazo con las dos manos.

Apoyó la cabeza en su hombro.

—Ben, me gusta lo imprevisto. Y eso no es malo. Tu forma de ser es lo que más perfila mi condición femenina. Acepto.

—De acuerdo.

—¿Qué pasará, Ben?

Él reía.

Su risa conflictiva. Maliciosa.

—¿Lo que ocurra?

—¿Nos gustará?

—¿No nos gusta siempre que decidimos ser sólo amantes?

—Mira, Ben, me gusta ser tu amiga, tu compañera, tu esposa y tu amante. No sé con cuál quedarme, porque todas tienen su encanto, y tú, como amigo, como compañero, como supuesto marido o como amante eres siempre deliciosamente ponderado. ¡Único!

—Verás qué noche. Verás...

Y fue.

Loca y divina.

¡Si sería tonta que hasta sentía calor en las mejillas como si se ruborizara!

Pero es que cada día Ben descubría una faceta imprevisible.

Era un hombre cargado de sorpresas, de pasiones, de novedades.

Y así vibraba ella.

En aquella suite se oía la voz apagada de Karen decir:

—Ben... no entiendo cómo hemos podido estar diez años sin vernos.

—Fortaleciendo esta necesidad. Haciéndola más fuerte.

—¿Te pesa alguna vez, Ben?

—¿Haberte vuelto a encontrar? No, nunca. Cada día me siento más feliz y más tu amante y tu profesor de pasiones que tú desconocías.

—Desconocía.

—Que ya conoces para bien y goce mío.

—Y mío.

—¿Lo compartimos de nuevo?

—Prefiero una copa de champán. Emborracharme de ti y de ese espumoso y brujo brebaje.

—¿Después?

—¿No ahora?

—¿No te gusta esa luz roja, este sentido enervante de la posesión, este silencio... este contacto...?

—Ben... eres un canallita.

—Y tú una preciosa golfa.

—A tu lado...

—No lo digas. Lo sé.

—¿Por qué has de saber todo de mí?

El suspiro se moría.

Una voz queda susurraba:

—Y tú de mí, ¿no lo sabes igualmente todo?

—Sí, sí, sí...

—Estás temblando.

—Es que... siento la sensación de que me descubres esta noche.

Y la descubría.

Igual, pero distinta.

De todos modos, siempre subyugante y locamente estremecida de pasión.

La vida seguía rodando.

Y los acontecimientos sucediéndose.

Y ellos esperando el fallo del juez para casarse.

Un día lo harían. ¡Un día! Entretanto continuaban viviendo y gozando.

Otros títulos de Corín Tellado en Punto de Lectura

Me dejaron con él

Tras estudiar en la Universidad de Santa Fe, Ingrid Lewis regresa al domicilio familiar en una pequeña ciudad minera, junto a su hermano y su cuñada. Ellos, al igual que el resto de habitantes de Prescott, veneran a Omar Moore, el más poderoso industrial del estado. Y es que, además de rico, joven y apuesto, Omar pasa por ser el modelo ideal de jefe, comprensivo y generoso, y un caballero irreprochable. En definitiva, el hombre que toda madre desearía para su hija. Pero Ingrid, además de haber estudiado psicología, es una mujer independiente y en extremo sagaz. Ella ha percibido en Omar Moore una lascivia y una oscuridad interior inquietantes. Algo que le repugna tanto como le atrae... y que tendrá ocasión de comprobar cuando todos la dejen a solas con él.

Vengas en mí tu dolor

De origen humilde, Alan Gorman es la clase de hombre que se ha hecho a sí mismo. Trabajador honrado, incansable y ambicioso, a sus treinta años es ya dueño de unas importantes minas cercanas a Leeds.

Sus empleados saben que su carácter hosco esconde un corazón de oro. Y aunque todos los potentados de la zona le admiran, unos pocos, llenos de caducos prejuicios, siguen sin aceptarle en sociedad. Pero lo que nadie sabe es que el alma y el orgullo de Alan quedaron mortalmente heridos cuando fue rechazado por Debbie, la primogénita de los Dawson, los más importantes nobles de la zona, amigos suyos de siempre. Ahora, tras años de despecho silencioso, él va a tener por fin la oportunidad de vengar su dolor en Sophia, la hija pequeña.

La pureza de Matilde

Matilde ha crecido en un convento internacional recibiendo una esmerada educación pero aislada del mundo y sus pasiones. Muerta la patriarca de la familia y cumplidos los veinte años es hora de que regrese a la finca familiar en Sevilla. Allí la esperan Jaly, mujer curtida por los avatares de una vida nada fácil, que ejerce de veterinaria, administradora y alma máter del gran imperio patrimonial. Y Carlos Estévez, el legítimo heredero, que ha dedicado su vida a disfrutar del instante y apurar los placeres al límite. La absoluta pureza de Matilde, su sinceridad y transparencia de alma son virtudes a las que Carlos no está en absoluto acostumbrado. La presencia de la joven provocará en su vida una auténtica conmoción y desatará una lucha entre sus más bajos instintos y la catarata de nuevos sentimientos que le provoca la pureza de Matilde.